Lenia von der Weide

WINTER KUSS
(K)ein Weihnachtsroman

LENIA VON DER WEIDE

WINTER KUSS

(K)ein Weihnachtsroman

1. Auflage Oktober 2020

Covergestaltung: Einzigartig-Buchdesign, Sandra Meier,
www.einzigartig-buchdesign.de
(Bilder von Shutterstock)
Korrektorat: Ruth Pöß
Druck: Amazon Media EU S àr. l., 5 Rue Plaetis, L-2338,
Luxembourg

Herausgegeben von:

Lenia von der Weide
c / o AutorenServices.de
Birkenallee 24
36037 Fulda

Kontakt: Lenia.vdWeide@gmx.de

Wenn du dich fragst, wo diese Geschichte spielt
– sie wohnt in meinem Herzen.

Prolog

CATHY

Wer bin ich? Das ist eine der schwierigsten Fragen im Leben.

Ich weiß, wer ich als Kind war. Und wer ich einmal sein möchte, ist genau so leicht zu beantworten: Ich will Mutter sein, Ehefrau, Freundin. Ich möchte ein kleines Haus mit Garten besitzen, dazu ein eigenes Café und genug Geld, um zweimal im Jahr mit der ganzen Familie in den Urlaub fahren zu können. Ich möchte glücklich sein. Ich möchte lieben. Und ich möchte geliebt werden.

Meine Wünsche sind glasklar und ich bin im Nebel. Weil ich weit davon entfernt bin, die zu sein, die ich einmal sein möchte. Jetzt, in diesem Moment … bin ich einfach nur Cathy.

Ich bin allein. Ich bin eine Träumerin. Ich bin eine Frau mit so viel Platz in ihrem Herzen, dass es unmöglich irgendwann vollkommen gefüllt sein kann. Ich bin Cathy. Und es wird Zeit, dass ich mehr werde.

Kapitel 1

- 7 WOCHEN BIS WEIHNACHTEN -

CATHY

Mein Dad hat immer gesagt, dass man die Chancen des Lebens ergreifen muss, wenn sie sich einem bieten. Man muss wagen, um zu gewinnen.

Das klang in meinem Kopf immer richtig. Nur gab es in meinem Leben bisher keine Chancen. Vielleicht habe ich sie auch nur nicht gesehen. Denkbar wäre ebenso, dass ich sie absichtlich übersehen habe. Immerhin bin ich keiner dieser Wagemenschen. Ich stürze mich nicht ins Ungewisse. Ich bin nicht mutig …

Und doch stehe ich jetzt mit zwei Koffern, einer Handtasche und meinem Stoffpandabären Diego vor der Wohnungstür meiner Tante Amy.

Was unglaublich mutig ist, da ich von heute auf morgen ein neues Leben beginne. Ja, ich werde alles hinter mir lassen und von vorne beginnen. Aber genauso traurig ist es. Aus denselben Gründen … Ich lasse mein altes Leben hinter mir. Mein angefangenes Studium, meinen Halt, mein Zuhause. Ich kann nicht mehr zurück. Es ist nichts mehr da. Ich muss nach vorne blicken. Ich muss mutig sein. Ich muss …

Wie ein Mantra formen die Sätze in meinem Inneren eine neue Wahrheit. Sie verbünden sich, schleichen durch meinen Kopf, stehlen die Furcht und machen sich überall da breit, wo ich mich verstecken will. Ich. Bin. Mutig.

»Cathy, da bist du ja endlich«, begrüßt Amy mich.

Sie schmeißt sich in meine Arme und drückt ihren fülligen Körper so fest an meinen, dass ich wette, ein paar Pfunde springen von ihren Hüften und bringen sich auf meinen in Sicherheit.

»Amy, schön, dich zu sehen.«

»Komm rein, Cathy, komm rein.«

Ich trete über die Schwelle, die Tür fällt hinter mir zu und dann ist er da. Der Moment, der alles verändert. Der Beginn meines neuen Lebens.

Ich schließe die Augen, sauge den feinen Geruch ein, fühle die Veränderung in meinen Fingerspitzen kribbeln … oder auch nicht. Es ist nämlich alles wie immer. Mist. Das hatte ich mir anders vorgestellt.

Bestimmt liegt es daran, dass ich so lange im Zug gesessen habe. Ich bin total erledigt. Außerdem hatte ich zu große Erwartungen. Es kann sich nicht alles in einem einzigen Moment ändern. Das kommt noch. Morgen, vielleicht übermorgen.

»Möchtest du etwas trinken, hast du Hunger?«, ruft Amy aus der Küche.

Ich staple meine Sachen in die Ecke hinter der Wohnungstür, ziehe meine Schuhe aus und hänge meine Jacke an die Garderobe. Ein schwerer Samtvorhang trennt den Flur vom Wohnbereich. Ich halte ihn mit einer Hand auf und schlüpfe hindurch.

Vier Jahre ist es her, seit ich das letzte Mal bei Tante Amy zu Hause war. Natürlich haben wir uns trotzdem oft gesehen, miteinander telefoniert und uns geschrieben. Aber ich habe sie nicht besucht. Weil ich mit meinem Studium beschäftigt war, der Weg zu weit ist und all den Ausreden, die mir jetzt unglaublich unwichtig vorkommen. Weil Tante Amy meine Familie ist, mein Zuhause. Vier Jahre ist es her ...und es hat sich nichts verändert.

Im Wohnzimmer prasselt der Kaminofen, die schwarze Ledercouch ist unter Kissen verschiedenster Formen und Farben kaum zu erkennen und der Schaukelstuhl steht so dreist vor dem Fenster, dass es mich wundert, kein Fernglas daneben zu entdecken. Tante Amy ist die neugierigste Person, die ich kenne.

»Cathy, wo bleibst du denn?«, fragt sie auch schon und steckt ihren roten Lockenkopf aus der Küchentür.

»Ich bin sofort bei dir.«

»Wasser, Kakao oder -«, Amy zwinkert mir zu, »wollen wir so richtig auf deinen Einzug anstoßen? Ich habe Eierlikör gemacht.«

»Das hört sich sehr gut an.«

»Finde ich auch.«

Ihre Finger legen sich um meinen Unterarm, ziehen mich in die Küche. Kurze Zeit später halte ich einen Vanillekipferl in der einen Hand und eine Tasse Eierlikör in der anderen. Randvoll.

»Trinkt man Likör nicht aus kleinen Gläsern?«

»Nicht wenn er noch heiß ist«, verrät sie mir flüsternd und fügt dann hinzu: »Ich bin mir sicher, du willst nach der Tasse noch eine.«

Das Porzellan klirrt aneinander, ihr Blick trifft meinen und dann probiere ich den ersten Schluck heiße Köstlichkeit. Selbstgemachten Eierlikör kann man nicht schlingen, nicht runterstürzen. Man genießt ihn. Schluck für Schluck. Bis die ganze Tasse leer ist. Habe ich Tasse gesagt? Ich meine Flasche.

Fasziniert betrachte ich, wie die Flüssigkeit von einem Gefäß ins nächste wechselt. Genauso verlassen Gedanken, Geheimnisse und Wünsche ihren Ort. Von meinem Herz in das von Tante Amy. Und aus ihrem in das Meine.

»Und es gibt wirklich keinen Mann in deinem Leben?«, fragt sie mich und scheint deswegen viel trauriger zu sein, als ich es bin.

»Keinen.«

»Aber es gab doch bestimmt einen?«

»Natürlich gab es den ein oder anderen Mann, aber keinen … keinen, mit dem es sich richtig angefühlt hätte. Weißt du, wie ich das meine?«

Amy legt ihren Kopf in eine Hand, schließt die Augen und schenkt mir ein Lächeln. »Das weiß ich ganz genau.«

»Warum ist das so? Warum kann ich nicht einfach glücklich sein? Es gab ja Männer. Aber ich hatte immer etwas auszusetzen. Vielleicht liegt es an mir …«

Der Gedanke hat sich aus meinem Herzen in meinen Mund geschlichen. Einfach so. Und jetzt steht er im Raum.

»Sag so etwas nicht. Und denk es auch bitte nicht.«

Ihre Stimme wird kräftiger, eindringlicher. Amys Blick bohrt sich in meine Augen, durch sie hindurch und trifft auf eine Stelle, die tief in mir liegt. Ganz genau dahin platziert sie auch ihre nächsten Worte. Und ich halte sie fest.

»Ich verrate dir jetzt ein Geheimnis und ich möchte, dass du dich immer daran erinnerst: Wenn du dich mit weniger zufriedengibst, wirst du niemals vollkommen glücklich sein. Irgendwann wird der Mann kommen, mit dem es sich richtig anfühlt. Wage es ja nicht, ihn zu verpassen. Denn dieses Gefühl … wirkliche, richtige Liebe … Schätzchen, es gibt nichts Besseres.«

»Du vermisst ihn, oder? John?«, flüstere ich.

»An jedem Tag.«

»Wie lang ist es jetzt her?«

»Nächsten Monat werden es acht Jahre.«

Eine Weile blicke ich auf das Bild an der Wand zu meiner linken. Helles Holz rahmt einen Moment ein, der zwanzig Jahre in der Vergangenheit liegt. Es ist eins meiner Lieblingsbilder und es zeigt Amy und John am Morgen nach ihrer Hochzeit. Sie sitzen mit Kaffeetassen im Bett und lachen so frei, dass ich mich angesteckt fühle. Ich lache. Mit meinem Mund und mit meinem Herzen. Und dann wandert mein Blick zurück zu Amy.

»Acht Jahre sind eine lange Zeit.«

»Das sind sie.«

»Es gibt also auch keinen Mann in deinem Leben?«

»Nein.«

Nein. Ein einzelnes Wort, nur vier Buchstaben, eine Silbe. Wie Amy es betont, hat es etwas Endgültiges an sich. Die Frage ist nur, ob ein deutliches nein nicht irgendwann ein schüchternes ja werden kann.

»Weil du das nicht willst oder weil es hier keine guten Männer gibt?«

Amy strahlt mich an. »Oh, es gibt viele gute Männer hier. Wenn ich in deinem Alter wäre … Schätzchen, ich könnte mich gar nicht entscheiden. Aber für mich gibt es hier niemanden. Mein Herz gehört John.«

»Du bist zu jung, um allein zu bleiben.«

»Ich bin nicht allein«, sagt sie, greift meine Hand und drückt sie kurz. »Ich habe mein Café, ich habe Freunde und jetzt habe ich auch noch dich. Ich bin vieles, aber ganz bestimmt nicht allein.«

Der nächste Schluck Eierlikör findet seinen Weg in meinen Mund. Ich halte die Tasse mit beiden Händen umschlossen, genieße die Wärme und das Gefühl, mich an etwas festhalten zu können.

Ich bin auch nicht allein. Nicht mehr.

Kapitel 2

CATHY

Wenn man bis spät in die Nacht Eierlikör trinkt, lacht, weint und sich so unglaublich zu Hause fühlt wie lange nicht mehr … Dann lacht das Herz. Aber der Kopf schmerzt. Auch wenn er eigentlich fit sein muss.

Es ist mein erster Arbeitstag im Café. Amy und ich sind heute allein. Der Morgen bringt jede Menge kalten Wind, Regen und hungrige Gäste ins Café. Und er fängt gerade erst an.

»Eine Mokkalatte, groß, mit Mandelmilch. Ein Stück Bananenheidelbeerbrot und ein Dinkelschiffchen.«

»Zum Mitnehmen?«

»Ja, bitte.«

»Hast du einen eigenen Kaffeebecher?«

»Ja, den habe ich. Hier«, erklärt mir der gefühlt fünfzigste Kunde an diesem Morgen und reicht mir seinen Trinkbecher. Dreckig. Das darf doch nicht wahr sein. Ich schütte den Kaffeeschluck in den Ausguss, lasse heißes Wasser in den Becher laufen und spüle in notdürftig aus. Dann geht der eigentliche Spaß los. Mokkalatte mit Mandelmilch. Keine Ahnung. Ich habe überhaupt keine Ahnung, wie das funktioniert. Was ist der Unterschied zwischen Mokka und einem normalen Latte macchiato? Und warum bieten wir eigentlich so viele verschiedene Kaffeesorten an?

Außerdem gibt es wahlweise Mandelmilch, Hafermilch, Sojamilch, frische Kuhmilch, haltbare Milch, Milchpulver, laktosefrei mit mehr oder weniger Fettanteil ... eine Wissenschaft für sich. Dazu die unterschiedlichsten Kaffeesorten. Und dann beginnen ab nächster Woche die Winterangebote.

Amy und ich haben gestern bis spät in der Nacht zusammengesessen, Zutaten aufgeschrieben, Rezepte gewälzt und die Schiefertafeln hinter der Theke neu beschrieben. Ich freue mich auf den Winter, ganz ehrlich. Ich liebe die kalte Jahreszeit, die Magie der ruhigen Momente und ich liebe Schnee. Wenn alles um mich herum weiß und still und kalt ist, fühle ich die Wärme in meinem Inneren wie eine kleine Flamme. Weihnachten. Es wird anders dieses Jahr. Alles ist anders. Und allein der Gedanke daran, wie anders alles ist, legt mir einen Schatten über mein Herz. Weihnachten … ob es dieses Jahr überhaupt schön werden kann?

»Wird das heute noch was?«, zieht mich eine genervte Stimme aus meinen Gedanken. Mein Herz erschrickt, stolpert und klopft dann in seinem normalen Rhythmus weiter. Ich habe nur nachgedacht, alles ist gut.

»Ja. Natürlich.«

Ich drehe den Wasserhahn zu, trockne den Becher ab und stelle ihn unter den Ausguss der Kaffeemaschine. Und dann weiß ich nicht weiter.

»Amy?«, rufe ich meine Tante und bin dankbar, als sie sofort reagiert.

»Ich bin schon da.«

»Kannst du mir einen Mokkalatte machen?«

Amy zwinkert mir zu und dann hantiert sie an dem Höllenteil einer Kaffeemaschine herum. Im Ernst, das Ding ist riesig, es dampft und es will mich fressen.

»Das macht 11 Euro und 75 Cent«, wende ich mich Mister Mokkalatte zu, reiche ihm das Gebäck und gebe Wechselgeld heraus. Natürlich lächle ich dabei. Das Grinsen habe ich heute Morgen beim Betreten des Cafés angezogen und seitdem nicht mehr abgelegt.

Und genauso geht es weiter. Ich grinse, verzweifle an den verschiedenen Kaffeewünschen und überlege zum wiederholten Mal, ob es Baristarin heißt, Baristesse, oder vielleicht Baristarette. Keine Ahnung. Und das ist exakt so viel, wie ich von all dem habe, dass ich hier mache.

»Guten Morgen, Cathy.«

Ich kenne die Stimme. Ich weiß, wie sie klingt, wenn sie lacht, wie rau sie wird, wenn sie stöhnt. Ich weiß, wie sie schmeckt.

»Guten Morgen, Ben«, antwortet mein Mund, bevor meine Augen ihren Weg zu ihm finden. Er hat vor vier Jahren schon gut ausgesehen und das tut er immer noch. Besser, als ich ihn in Erinnerung habe, männlicher.

Breite Schultern, dunkelgrauer Mantel, kurze schwarze Haare, Dreitagebart, dichte Wimpern und diese Augen … Ben hat die Art von Augen, die in dein Innerstes blicken können. Trotz des hellen Blaus seiner Iris wirken sie warm, verführerisch und sie versprechen mir, für mich da zu sein. Die kleinen Lachfältchen lassen sein Gesicht frecher wirken, reifer. Und dazu seine Lippen, sein Grinsen … Scheiße, Ben Hartmann ist in den letzten Jahren noch viel heißer geworden.

»Schön, dich zu sehen«, raunt er und besitzt die Frechheit, seinen Blick über jede Rundung meines Körpers gleiten zu lassen.

»Was kann ich für dich tun?«

»Jetzt gerade oder im Allgemeinen?«

»Ben«, ermahne ich ihn, nicht in die falsche Richtung abzudriften.

»Ich sage dir, was ich will«, er betont das letzte Wort, haucht es mir entgegen, »wenn du dafür mit mir ausgehst.«

Ich schnaube. »Ben, das hier ist ein Café und hinter dir warten Gäste. Du kannst mir sagen, was du willst, oder du lässt es bleiben. Deine Entscheidung.«

»Kein Date?«

»Kein Date«, stelle ich mit erstaunlich fester Stimme klar. Mein Kopf ist wahnsinnig stolz auf mich und in meinem Schoß beginnt die Rebellion.

»Ein Frappuccino bitte, mit Sahne.«

»Nicht dein Ernst.«

»Doch, genau das will ich.«

»Wir haben Winter, es sind 2 Grad und du trinkst Frappuchino?« Empört rückt meine linke Augenbraue einen Zentimeter nach oben.

»Ich brauche eine Abkühlung, mir ist heiß.«

Du bist heiß, du machst mich heiß und außerdem machst du mich wütend. Es kann doch nicht sein, dass mein Körper auf eine derart plumpe Anmache reagiert. Bitte nicht. Ich bin keins von den Mädchen, die verzückt seufzen, wenn sie angeguckt werden. Keins von denen, die stöhnen, obwohl noch gar nichts passiert ist. So bin ich nicht. Ganz bestimmt nicht.

Und dann fällt mir wieder ein, dass ich mit Ben im Bett war. Vor vier Jahren. Und allein der Gedanke daran lässt mich innerlich seufzen, stöhnen, schmelzen. Mist …

Aber das bedeutet nicht, dass ich seinem Charme wieder erliegen muss. Charme. Das ist definitiv das falsche Wort. Ben weiß lediglich, dass er gut aussieht, und wiegt sich deswegen in Sicherheit. Aber ich bin auch vier Jahre älter geworden, ich falle nicht wieder auf ihn herein.

»Amy, ein Frappuccino bitte«, rufe ich über meine Schulter. Zu Ben gewandt frage ich: »Darf es sonst noch etwas sein?«

»Wann hast du Feierabend?«

Ich übergehe seine Frage. »Vielleicht ein Donut, ein Frühstücksbagel?«

»Deine Handynummer wäre großartig.«

»Nichts? Dann hätte ich gerne 4 Euro und 25 Cent.«

»Komm schon, Süße.«

»Ben …«, seufze ich.

»Cathy.«

»Ich hätte gerne 4 Euro und 25 Cent und ich bin nicht deine Süße.« Meine Stimme bricht, sie zittert. Und ich verfluche sie dafür. Weil ich stark sein will und seine Augen mich so furchtbar schwach machen. Seine Stimme macht mich schwach und die Versprechungen, die hinter seinen Worten auf mich warten.

»Okay.«

Er hält seine Hand über meine, legt die Münzen hinein und berührt dabei zufällig meine Haut. Es sind nur sein Finger und meine Hand. Mehr nicht. Ich weiß das. Und deswegen ignoriere ich das Kribbeln in mir, welches mir zuflüstert, dass es so viel mehr sein könnte.

»Danke.«

Ben lächelt. »Bis bald, Cathy.«

»Bis bald.«

Der nächste Kunde schaffe es nicht, meine Gedanken zu zerstreuen. Auch der Übernächste nicht. Aber es kommen immer neue Gesichter,

Bestellungen, Aufgaben. Der Vormittag ist prall gefüllt und irgendwann ist kein Platz mehr für Ben in meinem Kopf. Das ändert sich leider wieder, als es Mittag wird und der Andrang so langsam nachlässt, bis er vollständig verebbt.

Amy dreht das Schild in der Glastür auf *Geschlossen* und fängt an, aufzuräumen.

Das Café ist nicht besonders groß, dafür wahnsinnig gemütlich. Es gibt kleine Sitzgruppen mit Holztischen und bequemen Ledersesseln in orange, petrol und anthrazit. Die Wände sind mit hellen Samttapeten verkleidet, dazu hängen schwere Vorhänge vor den bodentiefen Fenstern. Der Dielenboden rundet die warme Atmosphäre ab und die verschiedenen Deckenlampen schenken dem Laden einen romantischen Touch.

Ich liebe Amys Café. Das habe ich schon immer und Tante Amy noch viel mehr. Wer weiß, vielleicht ist es ihr Leben, ihr Café, ihre Liebe, die mich zu meinen Zukunftsträumen verleitet haben.

Ich wische die Theke ab, spüle den Lappen aus und blicke hoch. Amy kommt gerade auf mich zu. Grinsend.

»Ben Hartmann also.«

»Komm mir nicht so«, kommentiere ich das Lächeln in ihrer Stimme.

»Was denn? Ich habe mich nur gefragt, ob Ben und du … Ob ihr eine gemeinsame Vergangenheit habt.«

Ich grinse amüsiert. »Und du willst mir erzählen, dass du keine Ahnung hast?«

»Ich habe natürlich eine Vermutung, aber du hast mir nie etwas erzählt.«

Amys Augen funkeln. Sie legt zwei Donuts auf einen Teller, leckt sich den Zuckerguss vom Zeigefinger und stellt den Teller vor mir ab.

»Einen Donut gegen meine Geschichte, das ist dein Angebot?«

»Ich lege noch einen Mokka Latte drauf.«

»Oh, nein. Bitte nicht. Ich möchte einfach nur einen Kaffee. Schwarz. Ohne irgendwelchen Schnickschnack.«

Amy lacht, ihre Hand tätschelt meinen Rücken und dann brüht sie mir eine Tasse herrlich normalen Kaffee. Für mich bedeutet das genau 52 Sekunden Ruhe. 52 Sekunden, bis ich erzählen soll, was das zwischen Ben und mir ist, was es einmal war. Und die Antwort darauf fällt mir erstaunlich schwer. Obwohl es doch die normalste Geschichte der Welt ist …

»Wir hatten Sex«, beginne ich und weiß dann nicht weiter. »Das war es auch schon.«

»Ach, komm. Gönn deiner Tante ein bisschen Spaß.«

»Was willst du wissen?«

»Wie ist es dazu gekommen? War es eine einmalige Sache? Hat es dir gefallen? Empfindest du etwas für ihn? Und was machst du jetzt?«

»Du willst also alles wissen.«

»Ganz genau«, stimmt sie mir zu und beißt in ihren Donut. Ich schließe meine Augen, lasse für einen Moment die Bilder zu, die Erinnerungen, die Gefühle. Ben und ich.

»Es war bei unserem letzten Besuch vor vier Jahren. Im Sommer davor hatten wir uns geküsst. Und als wir uns dann wiedergesehen haben, war sofort klar, dass wir zusammengehören. Zumindest für den einen Sommer. Für die drei Wochen, in denen ich hier sein würde.«

»Also wart ihr den ganzen Sommer über ein Paar?«

»Nein«, lache ich und schüttle den Kopf. »Ben hat keine feste Freundin. Das hat er mehr als deutlich gemacht.«

»Aber du hast doch gerade gesagt, dass ihr zusammengehört habt. Für den Sommer.«

»Das haben wir auch.« Ich blicke Tante Amy in die Augen und erkenne, dass es in ihrer Welt keinen Platz für Affären gibt. Amys Herz ist das einer Romantikerin und ich wünsche mir, dass ich das irgendwann einmal auch über mein Herz sagen kann. »Es war nur Sex. Mehr nicht. Und als ich nach Hause gefahren bin, war es vorbei.«

»Du hast nie wieder etwas von ihm gehört?«

»Nein.«

Amys Blick wird weich. »Hast du ihn vermisst?«

Ich schlucke die aufkommende Beklemmung herunter. »Nein. Ja. Ich weiß es nicht. Ich habe schon an ihn gedacht. Aber es war nicht so, als hätten wir viel miteinander geredet oder gemeinsame Momente erlebt … Wir hatten einfach nur Sex. Und ich habe mich nicht getraut, mehr zu wollen.«

»Du warst jung.«

»Das war ich.«

»Und wie sieht es jetzt aus?«

»Jetzt bin ich nicht mehr jung«, weiche ich aus.

»Das stimmt, aber deine Augen hingen trotzdem an seinem Hintern, als er aus der Tür gegangen ist.«

»Amy!«

»Streite es nicht ab, ich habe es ganz genau gesehen.«

Mit erhobenem Zeigefinger und breitem Lächeln im Gesicht zwingt sie die Wahrheit aus mir heraus.

»Okay, ich habe geguckt. Sein Hintern ist aber auch toll.«

»Das ist er. Nackig auch?«

»Ja, verdammt.«

»Behaart?«

»Was?«, pruste ich los und blicke in die funkelnden Augen meiner Tante. Sie ist Dads jüngere Schwester, trotzdem ist Amy 15 Jahre älter als ich. Und man merkt es ihr nicht im Geringsten an. Das mochte ich schon immer. Amy ist jung geblieben. So jung, wie mein Dad es nie war, nicht sein durfte.

»Natürlich ist er das. Sein Rücken bestimmt auch, oder?«

»Ben hat überall Haare«, stimme ich ihr grinsend zu.

»Irgendein Makel muss der Mann haben. Alles andere wäre unfair. Ich meine bei den Augen …« Amy seufzt, trinkt einen Schluck Wasser und fährt dann fort: »Gut, dass er wenigstens einen behaarten Arsch hat.«

»Mich hat das nicht gestört.«

»Quatsch.«

»Doch. Wirklich.«

»Also waren doch Gefühle im Spiel?«, hakt Amy nach.

»Nein das nicht. Ich weiß es auch nicht … An Körperbehaarung ist doch nichts auszusetzen.«

»Schätzchen, Haare auf Armen und Beinen sind normal, Brusthaare okay, ein Bart ist durchaus sexy und dieser kleine Strich vom Bauchnabel bis in die Boxershorts?«

»Ja?«

»Verdammich heiß!« Sie grinst mich an, strahlt regelrecht. »Aber alles andere … Alles andere ist Gottes Ausgleich für überproportionale Schönheit anderer Stellen des Körpers.«

»Du bist unmöglich, weißt du das?«

»Ja, das weiß ich. Und es gefällt mir. Genau wie es mir gefallen wird, dich die nächsten Tage zu beobachten. Ben ist nämlich Stammgast hier.«

»O nein.«

»O doch und jetzt zeige ich dir, wie die Kaffeemaschine funktioniert, damit du ihm das nächste Mal selbst einen Frappuccino zubereiten kannst.«

»Nichts lieber als das«, ergebe ich mich meinem Schicksal.

Ein Handtuch trifft mich am Oberschenkel, Amys Lachen im Herzen.

»Aua«, protestiere ich und stelle mich dann vorbildlich interessiert neben sie und die Kaffeemaschine.

Wir brühen Kaffee. Jede Menge Kaffee. Dann räumen wir die Auslagen leer und legen das übrig gebliebene Frühstücksgebäck in die Kiste für Bedürftige. Wir bereiten den Apfelstrudel für den Nachmittag vor und kochen Vanillecreme. Dann geht Amy einkaufen. Und ich lege mich ins Bett, gönne meinen kalten Füßen eine Wärmflasche und meinem Herzen eine Pause. Zwei Stunden süßes Nichtstun. Zwei Stunden … und dann beginnt das Nachmittagsgeschäft.

***

Warum wollte ich eigentlich ein eigenes Café besitzen? Woher kommt diese Idee? Je länger der Tag wird, desto öfter stelle ich mir diese Frage. In meinem Kopf war der Job ein ganz anderer. Nicht so stressig, lustiger und definitiv weniger anstrengend. Es ist erst 17 Uhr und ich bin bereits fix und fertig. Noch eine ganze Stunde bis zum Feierabend und wenn ich Amy richtig verstanden habe, müssen wir danach wieder aufräumen, putzen und dann das Gebäck für morgen früh vorbereiten.

Natürlich arbeiten nicht nur wir beide in dem Café. Aber heute schon. Und auch das gehört dazu, wenn man ein eigenes Café besitzt. Man hilft aus, wenn andere absagen. Man ist da. Immer.

»Hallo, ich hätte gerne einen Kaffee.«

»Was denn für einen?«, frage ich mit inzwischen nicht mehr ganz so freundlicher Stimme wie zu Beginn des Tages und rücke die Cookies in der Auslage zurecht.

»Einen einfachen Kaffee.«

Ich richte mich auf und blicke über die Theke geradewegs in ein verflucht attraktives Lächeln.

Er ist groß, trägt eine dicke Winterjacke und darunter vermutlich ein breites Kreuz. Regentropfen hängen in seinen dunklen Haaren. Seine Gesichtszüge sind markant, die Augen tiefbraun und sein Blick durchdringend. Er sieht gut aus und er weiß es. Sein Grinsen ist ein wenig selbstgefällig. Nicht zu viel. Nur so, dass es die Schmetterlinge in meinem Bauch daran erinnert, dass sie Flügel haben, dass sie fliegen können.

»Zum hier essen oder mitnehmen?«, frage ich ihn.

»Hier trinken.«

»Was?«

»Du hast mich gefragt, ob ich hier essen möchte. Aber ich habe nur einen Kaffee bestellt.«

»Oh.« Hitze schießt in meine Wangen, wie immer, wenn ich nervös bin, schüchtern oder – wie jetzt – peinlich berührt.

»Ich trinke meinen Kaffee gerne hier«, erklärt er mit eindeutig tieferer Stimme als eben.

»Okay. Setz dich gerne hin, ich bringe dir den Kaffee.«

Ich drehe mich um, hole eine Kaffeetasse aus dem Wandschrank, dazu eine Untertasse und einen kleinen Löffel. Amy ist in der Backstube, weswegen ich es dieses Mal allein mit der Höllenmaschine aufnehme. Ein einfacher Kaffee kann gar nicht so schwer sein. Das ist mir eben bereits hervorragend gelungen.

Ich mahle die Kaffeebohnen, fülle zwei Löffel in den Siebträger und drücke sie mit diesem Stampfding fest. *Tampern*, so hat Tante Amy es genannt. Ich tampere was das Zeug hält. Dann drehe ich den Träger ein, stelle die Kaffeetasse unter den Auslauf und drücke den Knopf für heißes Wasser.

Die Höllenmaschine dampft, brodelt und irgendwann kommen Kaffeetropfen aus der Öffnung. Geht doch.

»Und du meinst, so wird das was?«, fragt er mich.

Er, der seine Winterjacke ausgezogen hat, die Hemdärmel hochgekrempelt und seine nackten Unterarme auf der Theke abstützt. Er, der ein verboten sinnliches Grinsen zur Schau stellt. Er, der die Frechheit besitzt, meine Kaffeezubereitung zu kritisieren.

Es ärgert mich, dass ich keine perfekte Baristarin bin. Sehr. Aber noch viel mehr ärgert es mich, dass er es bemerkt.

»Es läuft doch, sieh hin«, entgegne ich und zeige auf die vereinzelnd herunterfallenden Tropfen.

»Bis die Tasse voll ist, ist der Kaffee kalt.«

Er hat recht. Mist. Ich könnte ihm zustimmen, mich entschuldigen, einfach eine neue Tasse aufsetzen. Das könnte ich wirklich. Aber ich mache es nicht. Weil ich nicht gut darin bin, Schwäche zuzugeben. Und mit *nicht gut* meine ich, dass ich es hasse.

»Das ist normal«, lüge ich. »Bei einem sehr feinen Mahlgrad läuft der Kaffee zunächst immer langsam durch. Gleich fließt er richtig.«

»Ist das so?«

»Ja.«

»Und warum hat er jetzt ganz aufgehört?«

»Hat er nicht.«

»Du siehst doch gar nicht hin.«

»Ich weiß es aber.«

Er lacht. Es ist ein raues Lachen, ein männliches und eins von denen, die meine eigenen Mundwinkel anfeuern, mitzumachen.

»Würdest du mir den Gefallen tun und hinsehen? Bitte«, haucht er, lehnt sich noch ein bisschen weiter über den Tresen und sieht an mir vorbei zur Kaffeemaschine.

Ich folge seinem Blick und sehe seine Kaffeetasse, die einen Schluck kalten Kaffee beherbergt. Es passiert gar nichts. Kein Tropfen, kein Kaffeestrahl, nichts verlässt die Maschine.

»Da muss etwas kaputt sein«, fällt mir spontan ein. Ein grandioser Gedanke, der mir erlaubt, eine neue Tasse aufzusetzen, ohne mein Gesicht zu verlieren.

»Ganz bestimmt.«

Ich hantiere an dem Siebträger herum, rüttele, ziehe, drücke und bekomme ihn trotzdem nicht los. Das ist doch die richtige Richtung, oder? Bitte lass mich nicht die ganze Zeit in die falsche Richtung gezogen haben. Sie stimmt, also versuche ich es mit noch mehr Kraft, mit beiden Händen, mit Gewalt. Und irgendwann … fliegt der Träger aus der Verankerung, der Kaffee durch die Luft und das Wasser schießt brühend heiß über meine Hand.

»Ahhhhhh!«

Mein Schrei ist Schmerz, er ist Schock und er ist jedes bisschen Blamage, die ich gerade empfinde. Er ist laut. So laut, dass die Tür der Backstube auffliegt und Amy angerannt kommt. Und offensichtlich noch viel lauter. Weil *er* auf einmal neben mir steht. Hinter mir. Er nimmt meinen Arm, führt mich zum Waschbecken, öffnet den Hahn und lässt Wasser über die verbrannte Haut laufen.

Habe ich bisher dank des Schocks nicht viel gespürt, spüre ich jetzt alles. Und ich weiß mit einem Mal ganz genau, warum es *Verbrennung* heißt. Genau so fühlt es sich nämlich an. Es brennt, es sticht, es ist heiß und es tut verdammt weh.

»Ist es schlimm, Noah?«, fragt Amy ihn, Noah. Nicht mich. Sie sieht auch ihn dabei an.

»Sehr schlimm ist es nicht, trotzdem sollten wir weiterkühlen und dann würde ich sie gerne mitnehmen und einen Verband anlegen.«

Amy nickt. »Gut. Danke, Noah.«

»Fragt mich auch mal jemand?«

Noah dreht seinen Kopf zu mir, ist kaum eine Handbreit von meinem Gesicht entfernt. Er ist mir so nahe, dass ich jeden Sprenkel in seinen Augen erkennen kann, sein Lächeln auf meinen eigenen Lippen spüre.

»Wenn du nichts dagegen hast, würde ich dich gerne mit in meine Praxis nehmen und deine Verbrennung behandeln.«

War seine Stimme eben schon so warm, so weich und so ungeheuer erotisch? Spricht man so mit einer verletzten Person? Ich weiß es nicht. Vielleicht saugt die Verbrennung so viel Kraft aus meinem Körper, dass für logisches Denken keine Kapazitäten übrig bleiben. Jedenfalls spüre ich, wie mein Kopf nickt. Und dann, wie mein Mund lächelt. O nein. Ich schmachte. Ganz eindeutig … Ich schmachte ihn an und wahrscheinlich merkt er es auch.

»Sehr schön«, flüstert er mir zu. An Amy gewandt fragt er: »Holst du mir meine Jacke? Ich habe den Autoschlüssel in der Jackentasche. Dann fahren wir direkt los.«

»Natürlich. Bringst du mir Cathy später wieder nach Hause?«

»Das mache ich.«

Das macht er. Selbstverständlich macht er das. Irgendwie ärgert es mich, dass die beiden über meinen Kopf hinweg Entscheidungen treffen. Irgendwie stört es mich. Und dann ist da dieser Teil in mir, der sich darüber freut, dass Noah meinen Arm noch immer fest umschlossen hält. Dass er sich um mich sorgt. Dass er mich mit zu sich nimmt und danach wieder nach Hause bringt.

Kapitel 3

NOAH

Nach einem anstrengenden Arbeitstag freue ich mich besonders auf meine ruhige Wohnung, meine Couch, einen heißen Kaffee und Netflix. Genau das sind meine Gedanken, als ich die Praxis hinter mir abschließe und durch den Novemberregen zu meinem Auto eile. Feierabend, Kaffee, Netflix.

Wer hätte gedacht, dass ich kurze Zeit später wieder im Auto sitze und zur Praxis zurückfahre? Noch eigenartiger sind meine Gedanken. Mir macht es nämlich so gar nichts aus, dass ich nicht in meine Wohnung fahre. Und auch nicht, dass ich noch keinen Kaffee getrunken habe. Weil mein

Kopf inzwischen mit sehr viel interessanteren Dingen als meinem Feierabend beschäftigt ist. Mit Cathy Mac Leary.

»Ich will wirklich nicht jammern, aber das schmerzt höllisch«, gesteht sie flüsternd. Ich wage einen Blick zur Seite und bereue es augenblicklich.

Ihr Zopf hat sich gelöst, einzelne Strähnen fallen heraus und kleben an ihrer Wange. Ihre Haut ist nass vom Regen und ihre Augen vor lauter Schmerz.

Ich bin Kinderarzt. Ich sehe täglich Kinder weinen, Mütter, manchmal auch Väter. Ich kenne mich mit Verletzungen aus und weiß, wie ich sie richtig behandle. Die Körperlichen wie die Seelischen.

Aber das hier … sie … ihre Reaktion, ihre Nähe, ihr Schmerz. Das alles bringt den Mann in mir dazu, sie in den Arm nehmen zu wollen, sie zu beschützen, zu halten. Damit der Schmerz ihren Körper verlässt. Verdammt, warum muss sie überhaupt Schmerzen haben? Hätte ich nicht gestichelt, hätte sie nicht versucht, den Siebträger abzubekommen. Fuck!

Meine Hand gräbt sich durch meine Haare, schnellt zurück zum Lenkrad und greift es fester. Mein Fuß presst das Gaspedal tiefer und mein Kiefer mahlt. Ich bin angespannt. Ich bin frustriert. Ich bin schuld.

»Hey, Noah?«

»Was?«, gifte ich sie an und trete mir im selben Augenblick in den Arsch.

»Habe ich etwas falsch gemacht?«

»Nein.« Ich zwinge mich, ruhig zu bleiben, atme tief durch und greife nach der nächstbesten Erklärung. »Es war einfach ein langer Tag.«

»Und jetzt musst du noch einmal in die Praxis, obwohl du schon Feierabend hattest.«

»Das ist es nicht.«

»Was ist es dann?«

Das ist eine gute Frage und ich weiß selbst keine Antwort darauf. Was ist es? Was hat Cathy an sich, dass mich mit ihr flirten lässt, dass mich dazu verleitet hat zu bleiben, obwohl ich gehen wollte? Was ist es, dass mich unbeherrscht macht? Was?

»Wir sind da«, sagt mein Mund und ich bin froh über diesen herrlich normalen Satz und über den Ausgang unseres Gespräches ebenso.

Ich steige aus dem Auto und laufe zur Praxis vor. Der Regen peitscht mir ins Gesicht, läuft meinen Nacken hinab, tränkt mein Hemd. Ich gehe weiter, blicke nicht ein einziges Mal zurück. Ich fliehe regelrecht aus der Situation. Bis ich vor der Tür stehe, sie aufschließe und in den Flur trete. Dann drehe ich mich um und stürze ruckartig wieder zurück. Zum Auto, zu ihr, zu Cathy.

Sie ist ausgestiegen und hat die Tür zugeworfen. Mit der rechten Hand. Mit der verbrühten Hand. Was aus Gewohnheit passiert ist, lässt sie wimmern, verursacht ihrer Hand enorme Schmerzen und meinem Herzen noch viel Schlimmere.

Ich Vollidiot! Ich hätte ihr die Tür aufmachen sollen, ihr aus dem Auto helfen, sie stützen. Verdammt, ich hätte für sie da sein sollen. Und was mache ich? Ich gehe allein vor. Und das nur, weil ich irgendwelche Gefühle nicht einzuordnen weiß. Scheiß doch drauf! Hier geht es nicht um mich. Aber das habe ich nicht gemerkt. Ich habe nur an mich gedacht. Und sie hat sich wehgetan. Schon wieder.

»Geht es?«, frage ich und komme mir dabei erbärmlich, so entsetzlich erbärmlich vor.

»Ja«, haucht Cathy.

Sie hält ihren Unterarm mit der linken Hand so fest umklammert, als würde sie versuchen, ihre Blutzufuhr zu unterdrücken. Als würde ohne Blut kein Schmerz zu spüren sein und als wäre das die Lösung für ihre Situation. Ich kenne dieses Verhalten, ich beobachte es oft. Und ich weiß, was das bedeutet. Sie hat Schmerzen. Cathy hat enorme Schmerzen.

»Okay komm«, sage ich und greife unter ihren unverletzten Arm.

»Ich kann alleine laufen.«

»Das weiß ich. Lass mich trotzdem helfen.«

»Noah. Meine Hand ist verletzt, nicht mein Fuß.«

Cathy bleibt stehen und blickt mir derart fest in die Augen, dass ich die Worte hinter ihren Worten verstehe. Wir tragen beide unser Päckchen. Während ich mich dafür hasse, dass sie meinetwegen leidet, hasst sie es, Schwäche zu zeigen.

»Okay«, hauche ich in ihr Ohr, komme ihr dafür noch ein wenig näher und ziehe mich dann wieder zurück. Ich gebe ihr Raum und das, obwohl ich viel lieber bei ihr bleiben würde. So nah wie möglich.

Ich laufe still neben ihr her. Der Weg ist nicht besonders weit, aber er ist nass. Der Boden ist nass, die Stufen sind nass und der Wind ist es auch. Er trägt Tropfen für Tropfen zu uns. So lange, bis es mir egal ist. Es ist ohnehin nicht mehr möglich, trockenen Fußes zur Praxis zu kommen. Für mich besteht kein Unterschied zwischen nass und vollkommen durchnässt. Mir ist nur wichtig, dass Cathy nicht fällt, dass sie nicht ausrutscht und gezwungen ist, sich mit der Hand abzustützen. Ich will da sein. Neben ihr. Damit ihr nichts passiert. Oder zumindest nicht noch mehr.

In der Praxis angekommen, schalte ich das Licht an, hänge meine Jacke an die Garderobe, gehe mit Cathy in den Behandlungsraum und lege mir die Materialien zurecht.

»Soll ich mich hinsetzen?«

»Bitte.«

Erst als ich alles zusammengetragen habe, blicke ich sie an. Cathys Klamotten sind komplett durchnässt, ihre Haare sind zerzaust, die Wangen rot. Sie sieht vollkommen verloren aus. Und sie sitzt auf dem kleinen Kinderstuhl in der Ecke. Sie hat sich den Platz ausgesucht, der am weitesten von mir entfernt ist. Ein Schmunzeln vibriert durch meine Brust.

»Komm her«, bitte ich sie und klopfe einladend auf das große Holzschiff, welches in diesem Behandlungsraum die Patientenliege darstellt.

Cathy kommt zu mir, stellt sich vor die Liege, stützt ihre linke Hand ab und versucht, sich hochzuschwingen. Vergeblich. Da ich inzwischen weiß, wie sie tickt, oder es zumindest vermute, frage ich nicht nach. Ich lege meine Hände um ihre Hüften und hebe sie hoch.

Ich spüre ihre kalte nackte Haut zwischen Jeans und Shirt an meinen Fingern und ihre spüre ich in meinem Nacken. Sie halten sich an mir fest. Für den kurzen Moment, den es dauert, sie vom Boden auf die Liege zu heben. Und noch ein bisschen länger. Zumindest nehme ich das so wahr. Und nicht nur das. Es fühlt sich aufregend an. In meiner Brust. So, als ob die Berührung ein Vorgeschmack für das ist, was noch kommen wird.

»Und jetzt?«, fragt Cathy leise.

Sie löst ihre linke Hand von meinem Nacken, sieht mich an. Ich schlucke. Dan räuspere ich mich und strecke meine Hand aus, halte sie offen, damit sie ihre hineinlegen kann.

Und dann passiert etwas in mir, was ich jeden Tag aufs Neue erlebe. Ich funktioniere, bin vollkommen fokussiert. Ich bin Arzt.

Ich untersuche ihre Handfläche, steche die größere Blase in der Mitte auf, reinige die Wunde, desinfiziere sie und lege einen feuchten Wundverband an. Ich rede beruhigend auf Cathy ein, erkläre jeden meiner Handgriffe, warne sie, bevor es wehtut, und verkünde letztendlich, dass alles geschafft ist.

Ich habe die Wunde perfekt behandelt. So, wie ich es immer mache. Ein Blick in Cathys Gesicht reicht, um mir zu verdeutlichen, dass ich etwas Entscheidendes vergessen habe. Sie.

»Fuck«, murmle ich und ziehe sie von der Liege in meine Arme.

Ihr Gesicht ist blass, ihre Lippen zittern, die Augen tränen. Und sie sagt kein einziges Wort. Sie hat mich einfach machen lassen. So geht das nicht. Und auch jetzt sitzt sie still da und lässt sich von mir festhalten. Ich weiß nicht, ob ich mich richtig benehme oder katastrophal falsch, was ich machen soll oder was nicht. Scheiße!

»Cathy, sag bitte etwas.«

»Danke«, haucht sie.

Dann dreht sie ihren Kopf in meine Halsbeuge, schlingt ihre Arme um mich und lässt sich fallen. Sie schluchzt an meiner Brust.

Und ich halte sie.

Kapitel 4

CATHY

Wenn ein langer Tag zu Ende geht, frage ich mich unweigerlich, wie es sein kann, dass so unglaublich viel Inhalt in 24 Stunden passt, wo doch andere Tage mit weitaus weniger auskommen …

Heute ist einer dieser vollen Tage. Er ist voller Vorfreude, Unsicherheit, Anspannung, Wut, Schmerz und voll von Gefühlen, die ich nicht einordnen kann. Voll von Herzensgefühlen. Für Ben, weil es mich aufgewühlt hat, ihn wiederzusehen. Und für Noah. Für diesen wahnsinnig attraktiven Mann, der in das Café gekommen ist und alles verändert hat. Mich, ihn, uns. Ich weiß nicht, was noch alles. Aber mich auf jeden Fall.

»Wir sind da«, sagt er und schaltet den Motor aus.

Er parkt direkt vor Amys Café. Die Wohnung liegt im ersten Stock über dem Laden. Er weiß es, sonst würde er mich nicht herbringen. Er kennt Amy und Amy vertraut ihm. Das sind Gedanken, die in meinem Kopf umherwirbeln. Sie versuchen, mir irgendetwas zu sagen, aber ich verstehe den tieferen Sinn nicht. Trotzdem bin ich froh, dass sie meinen Verstand belagern. Eben in der Praxis, hatte ich ganz andere Gedanken …

»Okay.«

Er sieht mich an. »Soll ich dich hochbringen?«

»Nein. Danke, aber das schaffe ich allein.«

»Würdest du das auch sagen, wenn du es nicht allein hochschaffen würdest?«

Ich lächle. Dann atme ich tief ein und traue mich, zurückzusehen. »Ja, vermutlich schon.«

»Okay.«

Noah schnallt sich ab und steigt aus dem Wagen. Seine Tür fliegt zu, meine geht auf und er hält mir seine Hand hin. Ich greife sie, lasse seine Hilfe zu. Und dann lasse ich ihn einfach nicht mehr los. So lange, bis wir vor der Haustür stehen.

»Ich …«, beginne ich und weiß dann nicht weiter.

»Du?«

»Ich habe keinen Schlüssel.«

»Okay.«

»Ich habe auch keine Jacke.«

»Das ist mir aufgefallen.«

Seine Augen wandern für einen kurzen Moment tiefer, bleiben an meinem Ausschnitt hängen und schnellen dann wieder hoch.

»Ey!«, protestiere ich.

»Du hast es angesprochen, nicht ich«, verteidigt er sich und schenkt mir dann ein verschmitztes Lächeln.

Ich kann nicht anders, ich lächle mit. Genau, wie ich seinen tiefen Blick erwidere, seinen Atem imitiere und dem schnellen Herzschlag folge, den er vorgibt. Als er mir näher kommt, will ich ihn noch näher bei mir haben. Und als er noch näher ist, ist mir das immer noch nicht nah genug.

Seine Augen tanzen zwischen meinen hin und her. Sie können sich nicht entscheiden, wohin sie gucken sollen. Dafür entscheiden seine Lippen sich. Weil es nur einen Mund gibt, der geküsst werden will. Meiner.

Der Kuss beginnt mit sanften Lippen und hinterlässt nichts als schüchternes Prickeln. Ohne meine Augen zu öffnen, fordere ich: »Noch mal.«

Ich spüre seine Hitze an meinem Gesicht, dann seine Hand in meinem Nacken, seinen Oberschenkel an meinen Beinen.

»Nichts lieber als das«, raunt er auf meinen Mund und lässt seine Lippen folgen. Noah küsst mich. Einmal. Zweimal. Dreimal. Und dann wird aus der Berührung unserer Lippen Leidenschaft.

Seine Hände schieben sich unter mein Shirt, legen sich auf die nackte Haut in meinem Rücken, packen mich und ziehen mich näher. Sie nehmen sich, was sie wollen und schaffen es trotzdem, vorsichtig zu sein. Sie verlieren den Zauber des Neuen nicht. Sie lassen mir Platz. Und doch zeigen sie mir unmissverständlich, wie wenig Platz er selbst braucht.

Noahs Kuss ist weich, seine Lippen sind warm und sie sind gierig. So gierig, dass seine Zunge folgt. Und seine Zunge … sie ist heiß, sie ist rau, sie fordert. Genau wie seine Zähne mich necken. Und dann beginnt er ein ganz neues Spiel. Mit seiner Stimme, seinem Atem und mit meiner Lust. Noah weiß, was er will. Sein ganzer Körper zeigt es mir. Er will mich. Und ich will ihn.

Das Kribbeln setzt sein. Es tobt durch meinen Bauch, vernebelt meinen Kopf, lässt meinen Atem schneller werden und meine Lust hungriger. Es spült alles weg, rauscht durch mich hindurch. Und ich genieße das Gefühl, den Kuss, Noah. So lange, bis sich meine Hand in seine Schulter gräbt und zeitgleich tausend Tode stirbt.

»Ahhhhhhh!«, kreische ich in Noahs Mund, weiche von ihm zurück und halte meine Hand fest umklammert.

»Shit!«, flucht er, greift meinen Arm und zieht die verletzte Hand zu sich. »Zeig es mir bitte.«

Ich lasse locker, halte ihm die Hand hin und zeitgleich den Atem an.

»Ich kann nichts erkennen. Es ist zu dunkel. Nimmst du mich mit zu dir nach oben?«

Seine Frage bezieht sich auf meine Hand. Ich weiß das. Und doch fühlt es sich so an, als wolle er bei mir sein. In meiner Wohnung, in meinem

Zimmer, in meinem Bett. Und deswegen weiß ich auch nicht, was ich antworten soll.

»Du willst mit nach oben?«

»Das will ich.«

»Kannst du es weniger sexy klingen lassen?«

Noah lacht. Er zieht mich näher, legt seine Lippen für einen kurzen Kuss auf meine und flüstert dann: »Warum sollte ich?«

»Weil du dir doch ansehen willst, wie es meiner Hand geht.«

»Ganz genau.«

»Und dann?«, taste ich mich vor.

Noahs Stimme ist ganz nah. »Wenn du willst, gehe ich danach wieder.«

»Und was, wenn nicht?«

Er legt seinen Kopf schief, betrachtet mich in aller Ruhe. Dann zieht er seine Unterlippe zwischen die Zähne und schüttelt den Kopf. Was für ihn vielleicht eine normale Geste ist, fühlt sich in meinem Schoß wie ein Paarungstanz an. Ich reagiere. Ich reagiere so sehr auf ihn, dass ich meine Schenkel aneinanderpressen muss.

»Stell mir keine Frage, auf die du keine Antwort haben möchtest«, haucht er.

»Was, wenn nicht Noah?«, frage ich erneut.

»Dann bleibe ich.«

Kapitel 5

CATHY

Er ist nicht geblieben.

Ich habe geklingelt, Tante Amy hat das Türschloss entriegelt, Noah und ich sind gemeinsam das Treppenhaus hochgelaufen und vor der Wohnungstür habe ich seine Hand losgelassen. Ich weiß nicht, warum ich das gemacht habe, und ich weiß auch nicht, ob das der entscheidende Fehler war. Aber ich habe losgelassen, bin in die Wohnung gegangen und habe mich auf die Bank in der Küche gesetzt.

Noah ist mir gefolgt. Er hat sich meine Hand angesehen und nichts festgestellt. Und dann habe ich ihn wieder zurück zur Tür begleitet. Das Kribbeln war noch da, die Lust auf ihn, die Versuchung …

Trotzdem habe ich mich von ihm verabschiedet. Mit geflüsterten Sätzen und einem heimlichen Kuss. Einem Einzigen. Und er prickelt noch immer auf meinen Lippen.

»Bleibst du noch länger da stehen, oder kommst du wieder rein?«, fragt Amy und steckt ihren Kopf durch die Samtvorhänge, um in den Flur zu gucken. Sie lacht, dann schüttelt sie den Kopf und kommentiert meine erstarrte Bewegung: »Du kannst seinen Kuss nicht mit den Fingerspitzen festhalten. Das funktioniert nicht. Aber du kannst ihn noch einmal küssen. Eine schöne Aussicht, nicht wahr?«

»Ja«, hauche ich und schaffe es dann, den Moment ziehen zu lassen. Ich nehme die Finger von meinen Lippen, lächle, drehe mich um und stürze in Amys Arme.

»Gott, Amy! Was mache ich bloß?«

»Wenn ich das richtig gesehen habe, lebst du. Und außerdem küsst du. Und wenn ich mich nicht irre, bist du auf dem besten Weg, dich zu verlieben. In Noah Berger.«

»Ahhhh!«, schreie ich in einem einzigen Laut meine ganzen Gefühle heraus. Es sind einige und ich habe nicht die leiseste Ahnung, was ich mit ihnen anstellen soll. Dafür fällt mir etwas anderes auf.

»Du hast uns gesehen?«

»Natürlich habe ich das.«

Ich kichere empört. »Amy!«

»Was denn? Wenn ihr euch auf offener Straße küsst, dürft ihr euch nicht über Zuschauer beschweren.«

Amy dreht sich um und geht in die Küche. Ich folge ihr, setze mich hin und wundere mich kein bisschen über die Flasche Eierlikör in ihrer Hand.

»Die wollte ich eben schon aufmachen«, gesteht sie.

»Eben, als du uns beobachtet hast?«

»O ja. Entweder Eierlikör oder Chips, ich konnte mich nicht entscheiden.«

»So schlimm?«

»So gut! Schätzchen, mir ist richtig heiß geworden.«

»Mir auch«, flüstere ich und genieße den Schauer, der mir über den Rücken kriecht.

Der Kuss war wirklich heiß. Verboten heiß. Und außerdem hat er nach mehr geschmeckt.

»Und jetzt?«, fragt Amy, schenkt sich einen Likör ein und hält mir eine leere Tasse fragend entgegen.

Ich schüttle den Kopf. Mir ist heute nicht nach Likör. Weil ich morgen früh fit sein will und außerdem, weil ich meine Gedanken genießen möchte. Glasklar. Und ehrlich gesagt auch allein. Aber das kann ich später noch.

»Gute Frage. Ich weiß es nicht.«

»Habt ihr Nummern ausgetauscht?«

»Nein.«

»Habt ihr abgemacht, wann ihr euch wiederseht?«

»Nein.«

»Was dann?«

»Nichts«, hauche ich, schließe die Augen und sehe Noah. Ich sehe seinen Blick. Ich spüre seine Hände in meinem Rücken, sein Lächeln an meinem Hals, seinen Kuss auf meinen Lippen.

»Warum denn nicht?«

»Ich weiß es nicht.« Das tue ich wirklich nicht. Außerdem will ich nicht darüber nachdenken. Ich will einem so schönen Gefühl keinen Grund geben, sein Lächeln zu verlieren. Ich will es behalten. So wie es ist. »Sei mir nicht böse, aber ich gehe jetzt schlafen.«

Ich warte ihre Antwort nicht mehr ab, stehe auf und gehe durch den Flur zum hinteren Bereich der Wohnung. Die Tür fällt hinter mir zu und ich falle aufs Bett. Meine Hände suchen meinen Stoffpanda Diego, finden ihn und pressen ihn gegen mein polterndes Herz. Meine Augen sind geschlossen.

Und dann passiert es. Ich erlebe den Abend erneut. Wort für Wort, Berührung für Berührung und Kuss für Kuss.

Ich bin eine Träumerin. Ich lebe in meiner Fantasie. Ich lasse meine Gedanken Wirklichkeit werden und dann spinne ich sie weiter. Mit geschlossenen Augen finde ich zurück zu Noah. Dorthin, wo unser Abend nie geendet ist.

Ich spüre seine Hitze an meiner nackten Haut und seine unter meinen Fingerspitzen. Ich bin mutig. Mutiger, als ich es sonst bin. Und ich bin leidenschaftlich. Ich bin die Frau, die sich nimmt, was sie will.

Er küsst mich. Auf meinen Mund, meinen Kiefer entlang und dann weiter runter. Ich führe seinen Kopf. Er soll meine Brüste küssen, sie lecken und ich will, dass er hineinbeißt. In das weiche Fleisch, das so danach schreit, beachtet zu werden. Ich schiebe seinen Kopf noch tiefer. Ich weiß, was ich will, und er ist der Mann, der es mir besorgt. Ich sehe seinen Blick, die braunen Augen und die Lust dahinter. Ich höre sein Stöhnen. Und ich fühle seine Zunge. An mir, auf mir, in mir.

Ich komme. Mein Körper zuckt zusammen. Ein Wimmern verlässt meinen Mund. Dann folgt der Schauer, der eine Gänsehaut über meinen Rücken jagt. Ganz leicht nur und kurz. Viel zu kurz, um ihn richtig auskosten zu können.

Der Moment ist vorbei. Ich schlage meine Augen wieder auf. Und ich wünsche mir nichts mehr, als dass meine Gedanken Vorboten für die Wirklichkeit sind.

Ein Lächeln zieht an meinen Lippen. Es kitzelt, neckt und dann zwingt es meinen Mund nach oben. So lange, bis ich nachgebe, meinen Kopf in den Nacken werfe und laut loslache.

Ich bin verrückt. Total verrückt!

Kapitel 6

NOAH

Die nächsten Tage verfliegen mit Arbeit, Arbeit und noch viel mehr Arbeit. Die Wochen vor Weihnachten sollen besinnlich sein, friedvoll und ruhig. Das verspricht die Weihnachtszeit. Aber offensichtlich nicht den Ärzten. Ich habe noch nicht einmal Zeit für Pausen und verlasse die Praxis weit nach meinem regulären Feierabend.

Immer erst dann, wenn die Straßen dunkel und leer sind. Wenn der viele Regen einen dazu zwingt, in den Häusern zu bleiben. Dann, wenn keiner mehr für einen Kaffee und ein Stück Kuchen zu Amy gehen würde.

Wie jeden Abend in der letzten Woche hat das Café geschlossen. Cathy ist nicht mehr da. Sie wird bereits oben sein. Und ich könnte aussteigen, klingeln, sie sehen. Ich könnte sie küssen. Das könnte ich wirklich. Ich mache es aber nicht. Ich lege den Rückwärtsgang ein, fahre vom Parkplatz und dann zu mir nach Hause.

Und ich hoffe darauf, dass es morgen anders wird. Spätestens übermorgen.

Kapitel 7

- 6 WOCHEN BIS WEIHNACHTEN -

CATHY

Ich weiß, ich könnte zu seiner Praxis fahren. Ich könnte durch die Tür gehen, warten, bis er aus einem der Behandlungszimmer kommt und ihn dann sehen. Ich hätte sogar einen Grund. Meine Hand. Na ja … ich hatte einen Grund. Vor vier Tagen. Inzwischen ist die Verletzung verheilt.

Ich könnte natürlich trotzdem zu ihm fahren. Einfach so. Und dann könnte ich ihn küssen. Das könnte ich wirklich. Ich mache es aber nicht.

Ich verbringe lieber meine Zeit damit, aus dem Fenster zu gucken und darauf zu warten, dass er kommt. Immer, wenn ein schwarzer Kombi vor dem Café parkt, schickt mein Herzschlag seine Tänzer aufs Parkett. Und immer, wenn er es nicht ist, fällt der Vorhang. Vorstellung beendet, das wars.

So lange, bis ich erneut glaube, ihn zu sehen, zu hören, zu fühlen. Ja, ich fühle ihn. Er steht auf einmal hinter mir, er streift meinen Arm, berührt meine Schulter. Aber er ist es nicht. Es ist Amy, eine Freundin von früher oder - ganz schlimm – es ist Ben.

Ben sehe ich täglich. Und er flirtet jeden Tag mit mir, fragt nach meiner Handynummer, einem Date, einem Kuss. Er ist da. Und er sieht nach wie vor gut aus.

Die ganze Bensituation macht mich fertig. Vor allem, da mir langsam die Ausreden ausgehen. So wie heute.

»Hast du das gebacken?«, fragt er und zeigt auf ein Stück Apfeltorte mit italienischer Creme und Marzipan.

»Ja.«

»Die sieht köstlich aus. Ich nehme zwei Stücke. Zum hier essen. Dazu einen Cappuccino und für dich?«

»Danke, ich möchte nicht.«

»Du möchtest nicht von dieser Köstlichkeit probieren?«

Ich atme demonstrativ laut aus. »Ben, ich muss arbeiten.«

Er sieht mich an, tritt einen Schritt zurück, breitet beide Arme aus und dreht sich im Kreis. »Es ist nieeeeemand hier«, lauten die Worte zu seiner zugegebenermaßen amüsanten Vorstellung.

»Das sehe ich.«

»Also hast du Zeit?«

»Nein.«

»Was musst du denn jetzt gerade machen?«

»Jetzt gerade?«, frage ich.

»In genau diesem Moment«, flüstert er.

Ich denke nach. Angestrengt. Aber mir fällt nichts ein. Es ist kurz vor Feierabend, es ist bereits dunkel, draußen herrscht Weltuntergangsstimmung und ich bin mir sicher, dass kein Kunde sich mehr hierhin verirren wird. Amy ist nach oben gegangen. Ben wird den Moment abgepasst haben. Schlau von ihm.

»Nichts«, gebe ich mich geschlagen.

»Na sieht du.«

»Aber nur so lange, bis der nächste Kunde hereinkommt.«

Ben legt seinen Kopf schief, grinst. Er weiß, dass er gut aussieht. Er weiß, wie sein Lächeln wirkt. Er weiß, dass er gewonnen hat.

»Bis der nächste Kunde kommt«, wiederholt er meinen Satz und lässt ihn so klingen, als hätte er eine ganz andere Bedeutung.

Der nächste Kunde, der nächste Mann, der nächste Freund … Ist es das, was er mir sagen möchte? Dass er da ist, bis der Nächste kommt?

Mist, ich bilde mir hier irgendetwas ein. Oder aber ich habe ihn ganz genau verstanden. So oder so, mir gefällt das nicht. Ben Hartmann ist kein Mann für mich. Überhaupt gar nicht.

Aber er ist hier und irgendwie hat er es geschafft, dass ich mich mit ihm an den Tisch in der Ecke setze und ein Stück Kuchen esse.

»Wie lange bleibst du hier, Cathy?«, fragt er, nachdem er einen Schluck Cappuccino getrunken hat.

»Ich habe nicht vor zu gehen.«

»Nicht? Das heißt, du bleibst länger? Für immer?«

»Ganz genau.«

Ben hustet, haut sich mit der Faust auf die Brust. Meine Antwort scheint ihn überrascht zu haben und ich denke zu wissen, woran das liegt.

»Hattest du gehofft, ich würde nur ein paar Wochen bleiben?«, taste ich mich vor.

»Ja. Nein. Ich weiß es nicht. Gehofft ist das falsche Wort. Aber…«

»Aber es wäre einfacher für dich?«

»Das nicht.«

»Was dann? Sag einfach, was du meinst, Ben.«

Er schiebt sich ein Stück Kuchen in den Mund, kaut eine Ewigkeit darauf herum, sieht aus dem Fenster. Er schindet Zeit. Was ihm wahrscheinlich dabei hilft, eine Antwort auf meine Frage zu finden. Obwohl ich sie längst verstanden habe. Ben hat sich nicht verändert. Nicht ein kleines Bisschen.

Die Erkenntnis löst ein Gefühl in mir aus. Es drückt meine Schultern nach unten, lässt mein Herz schwer werden. Es brennt in meinen Augen. Ich weiß es nicht zu benennen, aber es ist da. Und das macht mich wütend.

»Du bist immer noch der Gleiche, oder?«, frage ich fast tonlos, emotionslos. Ich blicke ihn an und warte darauf, dass er seinen Kopf in meine Richtung dreht. Als unsere Augen sich treffen, erkenne ich das Spiel. Denn genau das ist es für ihn. Ein Spiel. Mehr nicht.

»Was ist falsch daran?«

Er legt seine Lippen in ein amüsiertes Lächeln, lässt seine Augen funkeln und sieht mich auf die Weise an, die einem Mädchen vortäuscht, die Einzige zu sein. Ich bin aber kein Mädchen mehr.

»Du und ich, das war phänomenal … Was ist falsch daran, das wiederholen zu wollen?«, raunt er.

»Einfach alles.«

»Ha!«, lacht er, wirft seinen Kopf in den Nacken und lässt seine Hände folgen. Sie fahren durch seine Haare und gleiten auf den Tisch zurück. Beiläufig - so soll es mit Sicherheit wirken – greift er meine Hand. »Komm schon. Du willst mir doch nicht erzählen, dass es nicht gut war?«

Ich lehne mich zurück, entziehe ihm meine Hand. Ich denke nach.

Bei einer Zaubershow ist es so, dass der Besucher geblendet wird. Vom Scheinwerferlicht, den glitzernden Kostümen, Rauch, lauten Geräuschen und natürlich vom Zaubertrick selbst. Dazu verleitet das übrige Publikum einen dazu, die gleiche Empfindung zu teilen. Alle klatschen, also muss es toll sein, alle jubeln, alle staunen. Bei einer Zaubershow ist jede Bewegung einstudiert, die Reaktion wird erwartet und der Trick an sich … Er ist simpeles Handwerk. Eine Abfolge verschiedenster Vorgänge. Genau so ist es. Und das macht den Besuch nicht weniger reizvoll, aber es ändert den Blickwinkel. Man muss sich darauf einlassen, um es genießen zu können.

Ben Hartmann ist vielleicht kein Zauberer, aber er beherrscht alle Tricks. Sein Äußeres blendet, seine Stimme vibriert und seine Worte versprechen eine gute Show. Außerdem wette ich, dass sein Publikum ihm begeistert zujubelt. So, wie ich es vor vier Jahren auch gemacht habe. Und endlich, endlich habe ich den Trick erkannt.

»Ich habe kein Interesse, Ben.«

»Aber es war doch gut?«

»Ben…«

»Komm schon, Cathy. Es war gut, oder?«

Seine Finger streifen meine Wange entlang, legen eine Haarsträhne hinter mein Ohr. Eine einstudierte Bewegung, eine erwartete Reaktion. Aber die schenke ich ihm nicht.

»Was willst du, Ben?«

»Dich«, raunt er.

Ich lache, streiche die Gänsehaut von meinen Armen, die seine Stimme dorthin platziert hat. Er kann es. Zweifelsfrei weiß er, die richtigen Knöpfe zu drücken. Und ich verfluche meinen Körper dafür, dass er sich nicht dagegen wehren kann.

»Ben, ganz ehrlich … Das fuhrt zu nichts. Ich habe kein Interesse an einer Affäre.«

»Wer redet denn von einer Affäre?«

Es ist unsinnig, ich weiß es. Gleichwohl will ich es wissen. »Dann klär mich auf. Wovon redest du?«

»Von dir und mir. Von Sex.«

»Das ist eine Affäre.«

»Cathy, wir können alles sein.«

»Alles?«

»Ja«, haucht er und lässt seinen Blick dabei noch intensiver werden. Er sieht beinahe in mich hinein. Wie macht er das? Ich schüttle den Kopf, entziehe mich seinem Blick. Ich suche nach einer Erklärung, obwohl ich eigentlich aufstehen und gehen sollte.

»Für mich bedeutet *alles* Dates zu haben, Abendessen, Romantik…«

»Cathy«, unterbricht er mich. »Was machen wir denn hier gerade? Wir essen und es ist Abend. Romantisch ist es auch. Findest du nicht?«

Wieder dieser Blick, dieses Lächeln, seine Show.

»Du hast also nicht vor, mich ins Bett zu kriegen, sondern willst mich kennenlernen?«, schlüpfen Wörter aus meinem Mund, die ich gar nicht aussprechen wollte.

»Was, wenn ich dich im Bett kennenlernen will?«

Da habe ich die Bestätigung. Warum tue ich mir das eigentlich an? Mein Herz muss masochistisch veranlagt sein. Es gibt dem Mann, der es als Erster gebrochen hat, die Chance, es weiter und weiter zu brechen.

Ich schließe die Augen, atme tief durch. Ich sammle Kraft. Und dann entscheide ich, dass die Show vorbei ist.

»Nein.«

»Nein?«, fragt er irritiert.

»Danke, aber ich habe kein Interesse«, sage ich mit erstaunlich fester Stimme.

Dann stehe ich von meinem Sessel auf und nehme den Teller in meine Hand. Ich habe nicht einen Bissen gegessen. Und dabei schmeckt der Kuchen köstlich.

Ich bin in Begriff, an ihm vorbei zu gehen, als Ben mich aufhält. Seine Finger legen sich um meinen Arm, sein Blick hält meinen gefangen.

»Was ist es Cathy? Was willst du?«

Die Türglocke läutet. Ein Windzug treibt kühle Luft in den Laden. Jemand kommt herein und schließt die Tür hinter sich. Das alles nehme ich wahr, messe ihm aber keine Bedeutung zu.

Ich blicke in die Augen, die mich vor vielen Jahren dazu gebracht haben, mich auszuziehen. Die Augen, die mir Welten versprochen und Partikel geschenkt haben. Und ich finde endlich die Kraft, ihnen zu widerstehen.

»Ich habe keine Lust, eine von vielen zu sein. Ich will die Eine sein. Ich will eine Beziehung. Ich will alles. Ich will so unglaublich viel, Ben. Und das, was du mir geben kannst, ist im Vergleich dazu …«

Seine Finger verlassen meinen Arm im gleichen Moment wie das letzte Wort meinen Mund.

»Nichts.«

Kapitel 8

NOAH

Ich stehe an der Tür. Keiner bemerkt mich und ich bemerke einfach alles. Ich höre alles. Und ich sehe alles.

Cathy. Wie ihr Körper sich versteift, wie sie durchatmet und dann das ausspricht, was sie sich von Herzen wüscht.

Es ist ein Gegensatz in sich. Jeder ihrer Muskeln ist angespannt, die Stimme kalt und das, was sie sagt, könnte nicht wärmer, nicht weicher sein. Sie will lieben. Sie will geliebt werden. Nur nicht von ihm, der mit dem Rücken zu mir sitzt und Cathy am Arm festhält.

Ihre Worte kribbeln in meinem Inneren. Sie lassen mich lächeln. Und dann schubsen sie einen klitzekleinen Laut aus meinem Mund. Ups.

Cathy hebt ihren Kopf. Sie sieht mich. Unsere Augen verhaken sich ineinander und dann entsteht diese Verbindung zwischen uns, die mich schon beim letzten Mal hat schwach werden lassen. Ich sehe so viel mehr als ihr Gesicht oder ihre Augen. Ich sehe ihre Verletzlichkeit, ihre Wünsche, ihre Gedanken. Ich sehe sie. Und dann dreht er sich um. Ben.

»Noah, hau ab«, blufft er mich an.

»Das hättest du wohl gerne.« Meine Stimme ist hart, sie gilt ihm. Aber meine Augen sehen nichts als Cathy.

»Das war keine Frage.« Ben steht auf und schlendert zu mir rüber. Er schüttelt den Kopf, fährt mit der Hand durch seine Haare. Er kommt mir so nahe, dass ich zurückweichen will. Ich bleibe stehen. »Verpiss dich!«, zischt er.

Ich kenne Ben. Er ist schnell. Frauen hat er schnell im Bett, ihre Namen schnell vergessen, die Nächste schnell gefunden. Und Männern schlägt er ins Gesicht. Schnell. Wenn der erste Treffer sitzt, gibt es keinen Kampf. So einfach ist das. Und Ben ist schnell …

Sein Grinsen verrät mir, dass er auf meinen Fehler wartet. Ich wette, seine Hand kribbelt bereits. Pech gehabt, ich mache keine Fehler. Ich grinse zurück. Ruhig.

»Ich bin verabredet. Ich bleibe. Aber wie es scheint, bist du nicht länger erwünscht.«

»Ach ja?«

»Ja.«

»Und woher willst du das wissen?«

Er kommt noch näher, drückt seinen Zeigefinger gegen meine Brust und seinen Atem in mein Gesicht. »Hau ab, Noah. Du bist der Verlierer, ich gewinne. Weißt du nicht mehr?«

Ich weiß es. Alles. Ben und ich teilen eine gemeinsame Vergangenheit, eine Frau, einen Schlag. Ich habe alles verloren. Und er hat eine Nacht gewonnen. Mehr war es für ihn nicht.

»Gewonnen? Was hast du gewonnen?«

»Deine Frau.«

»Und wo ist sie jetzt? Dein Gewinn?«

»Das ist mir scheißegal«, zischt er aus zusammengepressten Lippen. »Genauso egal, wie du es mir bist. Und jetzt verpiss dich endlich und lass uns alleine. Verstanden?!«

Der Blick aus seinen Augen sagt alles, was sein Mund nicht ausspricht. Das war seine letzte Mahnung. Ich könnte mich umdrehen und gehen. Der Klügere gibt nach. Das sagt man nicht nur, es ist auch so. Außerdem bin ich ganz bestimmt nicht scharf darauf, Bens Faust in meinem Gesicht zu spüren. Aber …

Dieses kleine Wörtchen geistert in meinen Gedanken und wird immer lauter: Aber. Es ist Widerstand, Kampfgeist und der unbändige Wille, diesen Dreckskerl in seine Schranken zu weisen. Aber. Es pulsiert durch meine Adern. Aber. Es kitzelt in meinen Muskeln, schärft meinen Geist. Aber fickt meinen Verstand.

»Du hast eine Kleinigkeit übersehen«, flöte ich ihm entgegen. Lächelnd.

»Was?«

»Sie will dich nicht.«

Ich spüre seine Faust, bevor ich sie sehe. Ben ist schnell. Verdammt schnell. Und er lacht. Den nächsten Schlag sehe ich kommen. Ich weiche aus, schütze mein Gesicht. Ben legt nach. Immer wieder. Und er trifft. Entweder ich stecke ein, oder ich wehre mich.

Mann oder Memme? Mann oder Memme?, erklingt der Gesang meiner Kindheit in meinem Kopf. Dazu sehe ich diesen dämlich grinsenden Gesichtsausdruck vor mir.

Ich sehe ihn in meinem Schlafzimmer. Nackt. Und er fickt meine Verlobte. Ich sehe ihn einen Tag später eine andere Frau abschleppen. Ich sehe ihn, wie er lügt, wie er verführt, wie er schlägt. Und immer lacht er. So wie jetzt. Es ist das perfekte Ziel. Sein verschissenes Grinsen.

Dieses Mal spüre ich *meine* Faust, bevor ich sie sehe. Sie kracht in Bens Gesicht. Mitten rein. Sie ist heiß, sie pocht und sie ist voller Blut. Fuck!

Ben strauchelt, stützt sich mit der Hand an der Bar ab. Seine Hand schnellt zu seiner Lippe, wischt das Blut fort. Seine Augen wandern zu seiner Hand und dann zu mir.

»Ich mach dich fertig, Noah!«

Menschen sind Tiere. Marionetten der eigenen Instinkte. Jäger. Wir sind Kämpfer. Manche mehr, andere weniger. Und in Ben lebt ein Biest. Er wird nicht nachdenken. Er wird nicht vernünftig entscheiden können. Er wird nicht aufhören. Ich sehe es in seinen Augen. Den Wahnsinn, die Unbeherrschtheit. Er wird ausholen. Die Frage ist nur: wann?

Ich stehe vor ihm, die Wand in meinem Rücken und die Tür außer Reichweite. Ich kann nicht weg und ich kann Cathy unmöglich mit ihm allein lassen. Ich muss ruhiger werden, durchatmen, meinen peitschenden Herzschlag so weit unter Kontrolle kriegen, dass ich nachdenken kann. Ich brauche einen Plan.

»Was ist hier los?«, durchschneidet eine Frauenstimme die Anspannung.

Ich drehe meinen Kopf nach rechts zu Amy, die durch die Tür gekommen ist. Ich verliere den Fokus auf Ben. Ein Fehler. Eine kleine Unachtsamkeit. Ein Schlag. Und dann ist alles schwarz.

Kapitel 9

CATHY

»Ahhhhhhhhhh!«, kreische ich und renne zu Noah. Mein Hals brennt, meine Augen tränen und meine Hände wissen nicht, was sie zuerst greifen sollen, halten, streicheln. Noah bewegt sich nicht. Er liegt am Boden. Steif. Und mein Herz zerspringt.

Ich ziehe seinen Oberkörper auf meine Knie. Ich rüttle an ihm. Ich weine die Tränen meines Herzens auf ihn. Es sind Hunderte. Sie quetschen sich aus meiner Brust heraus, schnüren mir die Kehle zu, wandern höher und pressen sich dann durch meine Augen. Sie verschleiern alles, was ich nicht halten kann. Seinen Körper, meine Gefühle, meine Angst, meine Sicht.

Ich nehme nicht mehr wahr, was um mich herum passiert. Die Geräusche fließen zu einem dumpfen Brei zusammen und verstummen dann ganz. Ich sehe nichts mehr. Ich spüre nur noch. Meinen eigenen Herzschlag, der so hart gegen meine Brust schlägt, dass es wehtut.

Und dann spüre ich seinen. Mein Kopf liegt auf seiner Brust, meine Hände um seine Schultern. Er bewegt sich. Seine Hand stützt sich von mir ab. Er ächzt. Und ich lache.

»Noah«, flüstere ich und strahle ihn aus verquollenen Augen an. Ich wische mir die Tränen weg, dann noch mal und dann endlich, erkenne ich den Mann, der mein kleines Herz vor lauter Sorge hat rebellieren lassen.

»Fuck!«, stöhnt er. »Er hat mich getroffen, oder?«

»Ja.«

»Scheißkerl.«

»Das ist er«, stimme ich zu und lege meine Finger auf Noahs Wange. Sie ist geschwollen, rot und unter dem Auge aufgeplatzt.

»Ahh.«

»Tut es sehr weh?«

Noah kräuselt seine Nase, zieht die Wangen hoch und runter, legt seine eigene Hand über das Gesicht.

»Ja. Ja, das schmerzt ziemlich.« Er lehnt sich auf und lässt seinen Blick durch das Café gleiten. Dann finden seine Augen zu mir zurück. »Wo ist er?«

»Amy hat die Polizei gerufen. Ben ist draußen.«

»Erzählst du mir, was passiert ist?«

»Amy ist reingekommen, du hast sie angesehen und Ben hat zugeschlagen. Und dann -«, ein Schluchzen schleicht sich in meine Worte. »Dann bist du einfach umgekippt und er-«, wieder schluchze ich.

Tränen spielen Wettrennen über meine Wangen und finden allesamt ins Ziel. Während sie fließen, kann nichts anders meinen Körper verlassen. Kein Wort, kein Gedanke, nichts. Ich behalte alles in mir.

Ich war hilflos. So entsetzlich hilflos. Als Ben das erste Mal zugeschlagen hat, habe ich geschrien. Laut. Und danach habe ich gar nicht mehr aufgehört. Aber sie haben nicht reagiert. Sie haben mich überhaupt nicht wahrgenommen. Keiner. Ich habe weiter und weiter geschrien. Bis Amy gekommen ist. Und dann bin ich verstummt.

»Was?«, fragt Noah sanft. »Was hat er gemacht, als ich umgekippt bin?«

»Er wollte … er hat … Amy ist …«, sprudeln Wörter aus meinem Mund, die gar keinen Sinn ergeben. Trotzdem versteht Noah alles. Vor allem versteht er mich.

Er setzt sich hin und zieht mich in seine Arme, seine Hände streichen über meinen Rücken, pressen meinen Körper gegen seine starke Brust. Noah tröstet mich, obwohl ihm wehgetan wurde. Und er legt seine Lippen auf die nackte Haut an meinem Hals.

Gefühlschaos. Genau das geht mir durch den Kopf. Ich bin wütend, habe Angst, Panik, bin erleichtert und außerdem bin ich verzückt.

Verzückt von dem Mann, dem es mühelos gelingt, all meine Gedanken mit einem einzigen Kuss zu vertreiben.

»Noah Berger?«, drängt sich eine autoritäre Frage zwischen uns.

»Hier.«

Ich spüre Noahs Stimme an meinem Hals. Er rückt nicht von mir weg, er hält mich fester, noch fester bei sich.

»Kommen Sie bitte mit.«

Noah stöhnt. Er will nicht. Und das macht mich glücklich. Er will mich nicht allein lassen. Aber es geht mir gut. Jetzt. Er soll ruhig gehen.

»Ist schon okay«, flüstere ich und versuche, mich aus seiner Umarmung zu stehlen.

»Ist es nicht.«

»Doch Noah.«

Ich hebe meinen Kopf von seiner Schulter, löse meine Arme von seinem Nacken. Für einen Moment hält er mich nur mit der Intensität seines Blickes fest. Dann lächelt er, tupft einen Kuss auf meine Stirn und steht mit mir auf seinem Schoß auf. Ich protestiere. Und er hält mich trotzdem fest. Bis er aufrecht steht und mich auf seinen Hüften trägt. Meine Hände finden wie von allein in seinen Nacken zurück, genau wie meine Beine sich um seine Mitte schlingen.

Noah küsst mich. Mit seinem Mund, mit seiner Zunge, mit seinem ganzen Herzen. So fühlt es sich für mich an. Als wäre ich in diesem Moment alles für ihn. Und er ist alles für mich.

Bis sich der Polizist hinter uns räuspert und Noah erneut dazu auffordert, ihn zu begleiten.

»Bis gleich Cathy«, flüstert Noah und lässt den Satz wie ein Versprechen klingen.

»Bis gleich.«

***

Es ist spät, als es endlich an der Tür klingelt. Amy ist schon lange im Bett. Ich habe gewartet. Und beim Warten habe ich mir Gedanken gemacht.

Jetzt bin ich noch viel unsicherer als vorhin. Weil da etwas ist. Zwischen Noah und mir. Ich spüre es. Ich weiß es. Und das macht mir Angst. Weil ich schon so verflucht oft verletzt wurde.

Mein Dad hat immer gesagt, dass es für jede Verletzung ein Heilmittel gibt. Gummibärchen für Schürfwunden, Eis bei Halsschmerzen und bei besonders schlimmen Stürzen hilft Kinderschokolade. Als ich ein Kind war, hat das funktioniert. Immer. Nur hat mein Dad mir nicht verraten, welches Pflaster auf Herzschmerz geklebt wird …

»Cathy«, haucht Noah, als ich die Wohnungstür öffne und ihn ansehe.

Er lehnt im Türrahmen. Sein Auge ist violett unterlaufen, getrocknetes Blut klebt an der Platzwunde darunter. Die Knöchel an seiner rechten Hand sind leicht geschwollen. Er sieht müde aus, kraftlos und verflucht sexy. Außerdem ist er hergekommen. Zu mir. Und genau das ist es. Das Pflaster, nach dem ich gesucht habe. Noah.

Ich werfe mich in seine Arme. Mein Kopf passt perfekt unter sein Kinn, mein Ohr an sein Herz. Ich halte ihn fest. So lange, bis seine Arme sich um meinen Körper legen.

»Ich wollte dir nur Bescheid sagen, dass alles gut ist.«

»Okay.«

»Es ist wirklich alles gut, Cathy.«

»Okay.«

Er schmunzelt. Seine Brust vibriert unter meinen Kopf. Dann lehnt er sich von mir weg, legt seinen Finger unter mein Kinn, zwingt meinen Blick in seine Augen.

»Und wie geht es dir?«

»Bleibst du?«, übergehe ich seine Frage. Weil es mir nur dann gut gehen wird, wenn er es macht. Wenn er bei mir bleibt.

Noah runzelt die Stirn. Er überlegt und in mir schleicht sich das gute Gefühl davon. Ein anderes wird dafür umso präsenter: Unsicherheit. Bin ich zu forsch? Zwinge ich ihm auf, sich um mich zu kümmern? Das ist es, oder?

»Wenn du das willst«, antwortet er nach einer Ewigkeit.

Natürlich will ich. Aber ich will lieber, so viel lieber, dass er bleiben will. Also sage ich nichts. Ich gucke ihn nur an.

Ob er merkt, dass mein Herzschlag schneller wird? Ich weiß es nichts. Eigentlich weiß ich gar nichts mehr. Weil das hier eine Situation ist, die eine Entscheidung in sich trägt. Ich spüre es. Vor allem an seinem Blick, der warm ist, offen und dann tiefer geht. Noah blickt in mich hinein und ich lasse ihn alles sehen. Meine Verletzlichkeit, meine Angst, meine Lust, mein ganzes Herz. Es liegt frei. Hier bin ich.

Und obwohl ich ihm eine Antwort schuldig bin, ist er es, der zu reden beginnt.

»Was machst du nur mit mir?«

Noah blickt zu Boden, fährt mit der Hand über sein Kinn, kratzt an seinem Bart entlang. Er lacht.

Als er wieder aufblickt, sind seine Augen dunkel vor lauter Lust. Sein Brustkorb hebt und senkt sich in schweren Atemzügen. Und dann ist da dieser eine Moment, ein Blitzen, ein winziger Funke. Er reicht aus, um all meine Gedanken beiseitezuschieben. Noah will mich. Und ich bin bloß eine Antwort davon entfernt, ihn zu bekommen.

»Bleib.«

Kapitel 10

CATHY

Eigentlich bin ich nicht der Typ, der vorausgeht, Entscheidungen trifft, sich nimmt, was er will. Mein Herz stottert nervös in meiner Brust, als ich meine Hand ausstrecke. Noah legt seine hinein und folgt mir. Anscheinend bin ich doch genau der Typ, wenn der Anreiz stimmt. Und Noah ist reizvoller als alles, was ich mir vorstellen kann.

Wir schleichen den Flur entlang und schaffen es, unbemerkt in mein Zimmer zu kommen. Kaum ist die Tür hinter uns geschlossen, werde ich gegen diese gepresst. Seine Lippen stürzen sich auf meinen Mund. Sie sind hart, fordernd und seine

Zunge ist heiß. Sie schiebt sich in meinen Mund, lässt mich keuchend zurück. Ich reagiere intuitiv.

Ich nehme ihm den Raum, den er mir ohnehin nicht geben will, küsse, beiße, lecke. Ich verschlinge ihn und er verschlingt mich. Unser Kuss ist heiß, er ist leidenschaftlich und er ist nur der kleine Vorgeschmack von etwas wirklich Großem. Das merke ich, als Noah meinen Oberschenkel umschlingt, in hochzieht und sich um die Hüfte legt. Als er näher an mich herantritt. So nah, dass ich seine Härte an meiner Mitte spüre. Und dann noch ein bisschen näher.

Gott, fühlt sich das gut an! Ich presse mein Becken gegen ihn, will mehr Reibung, mehr Druck, mehr von ihm. So viel mehr, dass meine Finger nervös werden. Sie zittern über seine Schultern, tänzeln in seinem Nacken und finden dort endlich Halt. Ich halte mich wortwörtlich an Noah fest. Weil ich auf einem Bein zu wenig Stand finde und weil dieses eine Bein gleich auch wegknicken wird.

Ich spüre Noahs Grinsen an meinen Lippen, seinen feuchten Atem auf meiner Haut.

»Ich hab dich«, raunt er und schließt seine Hände um meine Schenkel. Er hebt mich hoch. Und dann presst er mich noch fester gegen die Tür.

Ein Keuchen purzelt aus meinem Mund. Dann noch eins, als Noah sein Becken kreisen lässt. Gott, er macht mich wahnsinnig. Und das jetzt schon. Wie soll es erst werden, wenn-

»Ahhhhh«, stöhne ich gegen seine Schulter, weil seine Hände unter mein Shirt geschlichen sind und meine Brüste umfassen.

Noah hat weiche Hände, warme. Sie streichen sanft über meine Nippel. Eine Berührung, die mir eine Gänsehaut in den Nacken legt und Feuchtigkeit zwischen meine Beine.

»Du musst leiser sein, Cathy«, haucht er und kneift gleichzeitig in meinen aufgestellten Nippel. Meinen Schrei schluckt er mit seinem Mund. Er lässt seine Zunge schneller werden, forscher, seine Hände fester und sein Becken ungeduldiger. Ich will ihn. Verdammt, ich will ihn so sehr!

»Noah«, keuche ich und presse meine Hände gegen seine Brust.

Seine Augen funkeln, als er mein Verlangen erkennt. Er löst uns von der Tür und trägt mich zum Bett. Ich drücke meine Lippen auf seinen Hals, küsse die empfindliche Stelle hinter seinem Ohr. Ich reibe mich an ihm. So lange, bis er stehen bleibt, mich auf den Boden stellt und ich die Bettkante an meinen Kniekehlen spüre.

Wir blicken einander in die Augen. Wir verstecken nichts. Und ich erkenne die gleiche Lust bei ihm, die ich in mir spüre, denselben Hunger. Und dahinter wohnt die gleiche Angst, verletzt zu werden. Er verbirgt sie nicht. Er lässt mich wissen, was er fühlt. Und das löst ein ganz neues Gefühl in mir aus. Es gesellt sich zu den anderen. Zu den kribbelnden, pochenden, kreischenden Gefühlen, die gerade in mir herumwirbeln. Und es geht darin unter, als Noah sein Shirt über den Kopf zieht.

Ich lasse meinen Blick über seine breiten Schultern gleiten, die starken Oberarme, seine Brust und die feinen dunklen Härchen, die mir den

Weg von seinem Bauchnabel in die Shorts zeigen. Ich schlucke.

Dann tue ich es ihm gleich und ziehe mein Shirt aus. Seine Augen weiten sich für einen Moment. Er grinst. Und damit schenkt er mir das schönste aller Komplimente.

Ich warte, was als Nächstes kommt. Ich bleibe vor ihm stehen, wahre den kleinen Abstand, der zwischen uns liegt. Einzig, weil die Situation ein Prickeln mit sich bringt, welches ich genieße. Mehr als genieße. Das hier, sich voreinander auszuziehen, sich dabei anzusehen und irgendwie auch in den anderen hineinzusehen … Es lässt die Schmetterlinge in meinem Bauch Saltos schlagen.

Noah grinst mich mit schiefen Lippen an. Er blickt an seinem Körper runter, legt die Hände um seine Gürtelschnalle und sieht wieder hoch. Sein Blick ist schüchtern, beinahe verlegen und so verflucht sexy, dass mir allein von der Art, wie er mich ansieht, heiß wird. Ich nicke. Ich lecke mir über die Unterlippe. Ich beiße hinein. Und während meine Augen nichts als Noah sehen, seine nackte Haut, seine Lust … sehen seine Augen mich.

Er kommt näher. Seine Finger kriechen unter den Bund meiner Leggins, ziehen sie runter. Noah folgt dem Stoff bis auf den Boden. Er kniet neben mir, hilft meinen Füßen aus der Hose. Dann blickt er an meinem Bein hoch. In mein Gesicht, in meine Augen.

Er fährt mit seinen Händen meine Oberschenkel hoch und lässt seine Lippen folgen. Ich zittere. Je höher er mit seinen Fingern, mit seinen Lippen kommt, desto nervöser werde ich. Wobei es keine echte Nervosität ist. Es ist vielmehr ein Prickeln. Und es saust durch meinen ganzen Körper. Es macht meine Finger zittrig, meine Gedanken schummerig und das kleine Nervenbündel zwischen meinen Beinen bringt es zum Pochen.

Er küsst sich höher und höher und ich schaffe es nicht länger hinzusehen. Meine Lider fallen zu, mein Kopf fliegt in den Nacken. Ich wimmere. Und ich genieße das Gefühl seiner Berührungen auf meiner Haut.

Noah lässt mich seine heißen Lippen spüren, die hungrig meinen Körper erforschen. Seine Zunge, die eine feuchte Spur auf meiner Haut hinterlässt. Und ich spüre seine Hände. Sie streichen an meinen Oberschenkeln empor. Mit leichtem Druck zwingen sie meine Beine einen Spalt auseinander. Sein Finger fährt über den feuchten Stoff meines Höschens. Noah knurrt. Ich spüre die Vibration seiner Stimme an meiner Haut. Und ich spüre sie tief in mir. Er schiebt meinen Slip mit den Fingern zur Seite, atmet heiß gegen mich.

Ich erstarre, sehne der Berührung entgegen. Und ich warte. Mit geschlossenen Augen, zittrigen Knien und so viel Lust zwischen den Beinen, dass es mich vollkommen verrückt macht. Verrückt und mutig.

Ich lege meine Hände an Noahs Hinterkopf und dränge seinen Mund gegen mich.

Noah lacht. Dann greifen seine Arme unter meine Knie und heben mich auf seine Schultern.

Meinen Bauch an seine Stirn, meine Mitte gegen sein Gesicht und meine Klit in seinen Mund.

Ich stöhne. Laut. Ich muss mich beherrschen, nicht zu schreien, so intensiv ist das Gefühl seiner Zunge zwischen meinen Beinen.

Noah trägt mich aufs Bett, lässt mich in die Kissen fallen und folgt mir augenblicklich. Er stellt meine Beine auf, zieht mir den Slip aus und wirft ihn in die Ecke. Sein Blick ist vollkommen fixiert auf den Ort zwischen meinen Beinen, der so dringend berührt werden will.

»Noah«, keuche ich voller Verlangen und hoffe, dass er mich versteht.

»Was?«, grinst er mich an. Frech. Ein Tacken überheblich. Sexy.

»Mach schon.«

»Was soll ich machen?«

»Noah!«, keuche ich. Empört. Verzweifelt.

»Sag es, Cathy.«

»Bitte leck mich.«

Mit einem heißen Schmunzeln senkt er seine Lippen auf meine weiche Haut. Ich erzittere. Meine Oberschenkelmuskeln ziehen sich ruckartig zusammen, mein Becken schnellt vor.

Noah pustet seinen Atem auf mich, leckt, beißt. Es gefällt ihm, dass ich so intensiv auf ihn reagiere. Er spielt mit meiner Lust. Und ich beginne, dieses Spiel zu lieben.

Federleicht tänzeln seine Fingerspitzen über meine Mitte. Seine Lippen schenken mir weiche Küsse und meine pressen sich verzückt aufeinander. Ich wimmere mit geschlossenem

Mund, beiße mir von innen auf die Wange. Und Noah leckt einmal komplett über mich.

Ich stöhne laut auf, lasse meine Lust ungehemmt aus mir herausströmen. Und dann höre ich gar nicht mehr damit auf.

Noah lässt mich zittern, treibt meine Lust immer höher und höher und hält sie dann mit sanften Küssen im Zaum.

Ich grabe meine Finger in seine Schultern, hebe mein Becken an, presse mich ihm vollkommen schamlos entgegen. Ich will mehr. Ich will alles. Gott, ich will ihn in mir.

Noah stöhnt, bevor er seine Zunge in mich steckt. Und dann verliere ich jegliche Beherrschung. Ich schreie, kreische, presse meine Schenkel zusammen und halte ihn gefangen. Zwischen meinen Beinen. In mir. Weil es sich so gut anfühlt. So unglaublich gut, dass ich nicht anders kann, als zu nehmen und zu nehmen und noch mehr zu nehmen.

Als seine Zunge mich verlässt, protestiere ich schnaufend.

Noah grinst selbstgefällig, bevor er zwei Finger in mich schiebt und auf Anhieb den Punkt findet, der mich alles andere vergessen lässt.

»O Gott«, keuche ich.

Und genau das ist er, ein Gott. Noah weiß, was ich will, wie ich es will. Er liest meinen Körper wie ein offenes Buch. Weswegen seine Finger jetzt schneller werden, tiefer drücken und seine Lippen meine Brüste finden. Er saugt einen Nippel in den

Mund, beißt hinein, lässt seine Hand die andere Brust verwöhnen.

Er ist überall. Zwischen meinen Beinen, an meinen Brüsten, in meinem Mund. Er küsst mich und ich schmecke dabei meine Lust auf seinen Lippen. Er schluckt mein Keuchen. Er knabbert an meinen Lippen, meinem Kiefer, meinem Hals. Dann wandert er wieder runter und zeitgleich pumpten seine Finger fester in mich.

Er heizt mich auf und lässt mich fallen. Die ganze Zeit schon. Ich liebe es. Ich wusste gar nicht, dass ich so empfinden kann. Es ist berauschend, verzehrend und irgendwann ist es beinahe zu viel.

Ich kann nicht mehr.

»Bitte«, wimmere ich und presse ihm mein Becken erneut entgegen.

Noahs Zunge zieht eine heiße Linie über meinen Bauch, sein Atmen haucht kühle Luft über die nassen Linien. Und dann senken seine Lippen sich erneut über mich. Er saugt so fest an mir, dass ich meinen Kopf vor lauter Lust nach hinten schmeiße. Seine Finger graben sich in mich. Immer schneller, immer fester.

»Mehr«, fordere ich und ziehe meine Oberschenkel noch weiter nach oben. Noah findet den Punkt tief in mir, der mich wahnsinnig macht. Dazu schenkt seine Zunge mir immer wieder neue Wellen der Erregung.

Meine Muskeln verkrampfen sich, meine Atmung setzt aus und mein Herzschlag ebenso. Nur um mir gleich darauf meine gesamte Lust mit einer Wucht durch die Adern zu pumpen, die mich schwindelig zurücklässt. Meine Lippen öffnen sich zu einem stummen Schrei, mein Kopf fliegt zurück und mein Körper bebt. Noahs Zähne geben mir den letzten Schubs.

Ich falle. Vielleicht fliege ich auch. In jedem Fall schwebe ich kurzzeitig. Das Gefühl ist so intensiv, dass ich für einen Moment vollkommen die Beherrschung verliere. Meine Zehen überstrecken sich, mein Rückgrat krümmt sich, meine Fingernägel schlagen sich in Noahs Schultern. Und mein Mund schreit.

»Shhhhhh«, haucht Noah in mein Ohr.

Seine Hand legt sich über meinen Mund während die andere weiter und weiter in mich stößt. Ich kreische in seine Handfläche, beiße in das weiche Fleisch. Ich lasse mich fallen. Aber ich komme nicht an. Ich bin irgendwo zwischen noch immer anhaltender Lust und ermattender Befriedigung gefangen.

Ich atme ruhiger, mein Herzschlag wird langsamer, meine Sicht wieder klar. Ein Blick in Noahs Augen reicht, um mich erneut erzittern zu lassen.

»Aufhören oder Weitermachen?«, raunt er und lässt seine Finger langsamer werden.

Ich wimmere. Dann antworte ich: »Alles, nur nicht aufhören.«

»Was willst du Cathy?«

»Ich will dich.«

Seine Finger gleiten aus mir heraus, verteilen meine Feuchtigkeit über meine Schamlippen, umkreisen meine Brust. Es fühlt sich gut an, es prickelt, aber etwas fehlt. Er fehlt.

Ich fahre mit meinen Händen über seine Brust, wage mich tiefer. Ich fasse zwischen uns. Noah stöhnt leise, als ich seinen Schwanz berühre. Ich umschließe ihn, fahre mit der Hand quälend langsam auf und ab. Ich genieße die abgehakte Atmung aus seinem Mund, die Gänsehaut, die sich auf seinen Körper legt.

»Ich will dich«, flüstere ich noch einmal in sein Ohr, tupfe einen Kuss daneben. Seine Muskeln verkrampfen sich. Er reagiert auf mich, genau wie ich auf ihn. Mit Lust. Mit unbändiger Lust.

»Ich will dich, Noah«, hauche ich.

Ich lasse meine Hand schneller werden, fester zupacken.

»Ich will dich.« Meine Lippen finden seinen Mund, pressen sich ihm entgegen. Noah drückt seine Knie durch, hebt seinen Körper weiter von mir, um mir mehr Zugang zu ermöglichen. Und den nutze ich aus.

»Ich will dich«, stöhne ich in seinen Mund, zwischen unsere Küsse, immer und immer wieder.

Noah zittert unter meinen Berührungen, unter meinen Worten. Sein Atem bläst mir schwer entgegen. Und seine Stimme ist so tief, dass mein ganzer Körper von Schmetterlingsflügelschlägen überrannt wird: »Dann nimm mich.«

Noah rollt sich von mir runter, greift neben mein Bett und zieht die erste Schublade meiner Nachtischkonsole auf.

»Wo sind deine Kondome?«

»Eine Schublade tiefer.«

Er findet sie, öffnet die Verpackung mit seinen Zähnen und rollt das Gummi über seinen Schwanz. Er beugt sich über mich, spreizt meine Beine, nimmt meinen Blick mit seinen Augen gefangen.

»Bereit?«

Ich nicke.

Noah schiebt sich in mich. Langsam, vorsichtig, Stück für Stück. Er gibt mir Zeit, um mich an ihn zu gewöhnen, und das ist auch gut so. Mit jedem Zentimeter, den er sich tiefer schiebt, dehnt er mich. Ich stöhne leise, schließe meine Augen und genieße das leichte Kribbeln.

»Sieh mich an«, fordert Noah und ich komme seiner Bitte sofort nach.

Er drückt meinen Oberschenkel mit einer Hand höher und sich damit noch tiefer in mich. Dann noch ein Stück und dann hält er inne. Sein Atem kommt stoßweise, seine Muskeln sind angespannt und sein rechter Arm zittert leicht.

»Fuck«, murmelt er.

»Was?«

»Cathy ich-«

Seine Stimme bricht ab, sein Becken dringt tiefer. Ich keuche. Laut. Und ich schlage mir im selben Augenblick die Hand vor den Mund.

Noah lacht.

»Zu viel?«, fragt er und ist in Begriff, sich aus mir herauszuziehen.

»Nein«, hauche ich. »Ich hab dir doch gesagt, dass ich dich will.«

Noah knurrt, als ich meine Fingernägel in seine Schulter kralle. Ich ziehe ihn zu mir, auf mich, in mich. Meine Beine schlingen sich um seine Mitte, ziehen ihn noch fester gegen mich und endlich … Endlich gibt Noah nach. Er schiebt sich in mich. Komplett.

Ein Schrei verlässt meine Lippen. Kurz, schrill und voller Lust. Noah keucht leise. Dann stützt er sich auf den Ellenbogen ab, blickt mir in die Augen. Er lächelt mich an, bevor er beginnt, sich langsam in mir zu bewegen.

Zwischen uns entsteht eine Verbindung. Nicht nur körperlich, auch durch unsere Blicke, unsere Wünsche, unsere Herzen. Jedes Stöhnen, das meine Lippen verlässt, wird von seinen aufgesogen. Jeder Atemzug geteilt. Jedes Zittern springt zwischen uns hin und her. Und als meine Muskeln sich um ihn herum verkrampfen, beginnen seine zu applaudieren.

»Gott!«, stöhnt er und sieht dabei mich an. Obwohl er doch derjenige ist, der mich den Himmel spüren lässt.

Er senkt seinen Kopf, küsst meine Lippen, meinen Kiefer und dann meinen Hals entlang. Noah bedeckt meinen ganzen Oberkörper mit kleinen Küssen. Seine Zunge fährt um meine Brustwarze, zieht einen Kreis nach dem anderen. Dann saugt er sie in seinen Mund, beißt hinein und drückt seine festen Lippen gegen meine empfindliche Haut.

Alles beginnt von vorne. Das Kribbeln, mein Wimmern, die Schauer, die meinen Körper überrollen. Der Wahnsinn. Er treibt mich dazu, meinen Rücken durchzudrücken und mich gegen Noahs Mund zu wölben. Meine Hände wühlen durch seine Haare und mein Kopf durch die weichen Bettlaken.

»Ich will dich«, schleichen sich Noahs gehauchte Worte in meinen Verstand.

Ich grinse. »Dann nimm mich.«

Das macht er. Seine Stöße werden härter, tiefer. Und dann spüre ich seine Hand an meinem Bauch. Sie gleitet an mir herunter. Seine Finger legen sich zwischen uns, umkreisen mich und drücken genau auf die Stelle, die mich zum Beben bringt.

Ich stöhne in seinen Mund. Ich beeile mich, seinen Stößen zu folgen. Ich will die Reibung seiner Finger intensivieren und ihm … ihm will ich dabei in die Augen sehen. Direkt hinein.

Und damit zerspringt meine Lust in unendlich viele Schreie, die unkontrolliert meinen Mund verlassen. Noah presst seine Hand über meine Lippen, grinst mich an und ich presse meine Muskeln ein letztes Mal um in zusammen. Jetzt ist er es, der zuckt, der stöhnt, der schreit.

Er pumpt in mich, hart und hält uns beide damit so lange oben, wie ich es noch nie zuvor erlebt habe. Wir fallen gemeinsam.

Meine Hand dämpft seinen Schrei und seine den meinen. Seine Lust nimmt meine gefangen. Alles zittert, alles pocht, alles nimmt. Und dann blinzelt Noah. Er lässt alle Mauern fallen. Für den einen Moment, in dem die Zeit um uns herum stillsteht.

Ich erkenne sie. Die Gefühle, die er eingeschlossen hat. Die Wut, die Verzweiflung, die Ohnmacht. Ich fange sie auf. Und er trägt meine.

Eine Träne stielt sich aus meinen Augen. Sie kriecht meine Wange hinab und wird von Noahs Mund weggeküsst, bevor sie auf das Bettlaken fallen kann.

»Ist alles okay?«

»Ja«, hauche ich.

Dieser Moment ist intim. So unglaublich intim, dass ich nicht wage, noch etwas zu sagen, zu blinzeln oder auch nur zu atmen. Ich bleibe vollkommen ruhig. Bis Noahs Lippen sich in ein Lächeln legen.

»Das war der Wahnsinn«, flüstert er.

Er lässt einen Kuss folgen, dann noch einen und dann dringt seine Zunge ganz sanft zwischen meine Lippen, reibt sich so vorsichtig an meiner, dass es schon wieder zu prickeln beginnt. Unter meiner Haut, zwischen meinen Beinen und in meinem Herzen. Verflucht, es kribbelt in meinem Herzen.

»War das eben ernst gemeint?«, fragt Noah, nachdem seine Lippen sich von meinen gelöst haben.

»Was?«

»Das ich bleiben soll.«

»Ja.«

»Gut.«

Noah zieht sich aus mir heraus, dreht uns auf die Seite und schlingt meinen Körper in eine feste Umarmung. Er streicht mir eine Strähne aus der

Stirn. Er tupft einen Kuss auf meine Nase. Und dann schließt er die Augen.

Ich beobachte ihn einen Moment lang. Seine gerade Nase, den Bartschatten auf seinem Kinn und den Wangen, die dichten Wimpern … Noah ist attraktiv. Sein Körper, sein Gesicht und sein Verstand. Er ist intelligent. Und er hat sich geprügelt. Wegen mir. Heute. Und danach hat er mich verführt. Scheiße …

Ein Lachen schlüpft aus meinem Mund.

»Hmm?«, macht Noah, grinst mit geschlossenen Augen.

»Nichts.«

»Sag schon.«

»Du hast dich geprügelt.«

»Das habe ich.«

»Machst du so was öfter?«

»Nein.«

»Warum?«, gerate ich ins Stocken. Noah merkt es, schlägt seine Augen wieder auf. »Warum dann heute?«

»Weil ich mich nicht schnell genug geduckt habe.«

»Wenn Ben nicht angefangen hätte, hättest du nichts gemacht, oder?«

»Nein.«

»Okay.«

»Hey?«, fragt er und legt seine Finger unter mein Kinn. »Ich bin kein Schläger, okay? Du brauchst keine Angst vor mir zu haben. Niemals.«

»Das habe ich nicht.«

»Was ist es dann?«

»Ich weiß auch nicht.«

»Doch«, zwingt seine tiefe Stimme die Wahrheit aus mir heraus.

»Du hast mich geneckt im Café. Dann hast du mich verarztet. Dann hast du mich geküsst.«

»Ja?«

»Ich habe an dich gedacht, weißt du.«

»Ich auch an dich«, raunt Noah, bevor er seinen Mund über meinen senkt. Er küsst mich. Zart, sanft. Und dann bringt er mich dazu, weiterzureden.

»Und dann war Ben heute da. Ich habe ihm gesagt, dass ich ihn nicht will.«

»Braves Mädchen«, unterbricht Noah mich, bringt mich zum Lachen.

»Genau in dem Moment kommst du rein. Und dann prügelt ihr euch. Und dann-«

»Was dann?«

»Dann stehst du vor mir. Mit blauem Auge und schiefem Lächeln und alles, was ich denke, ist: Scheiße, ich will diesen Mann.«

Noah lacht. Rau. Laut. Männlich.

Er legt sich auf mich, reibt sein Becken über meine nackte Scham. Ich spüre ihn zwischen mir. Hart. Heiß.

»Und ich will dich«, knurrt er und schürt meine Lust damit von Neuem.

Kapitel 11

NOAH

Mein Wecker klingelt heute besonders früh. Er reißt mich aus heißen Träumen. Und als ich meine Augen aufschlage, merke ich, dass es gar keine Träume waren. Es war real. Alles.

Ich grinse, dann blicke ich zur Seite und mein Herz springt gegen meine Brust. Cathy liegt neben mir. Sie schläft. Sie ist nackt. Und sie sieht so verflucht unschuldig aus. Aber das ist sie nicht. Ein Lächeln zieht an meinen Lippen, als ich den Gedanken an gestern Nacht zu lasse, ihn einlade, sich breiter zu machen, und dann alles genieße, was er mir schenkt. Die Nacht war der Wahnsinn.

Es hat sich anders angefühlt als sonst. Intimer, echter, näher. Ich weiß es nicht zu beschreiben. Ich weiß nur, dass es mehr war. Mehr als das, was ich normalerweise empfinde. Als gäbe es verschiedene Ligen beim Sex und ich habe bisher in der Hobbyliga gespielt. Mit Cathy waren es die Olympischen Spiele. Und wir haben gewonnen. Beide.

»Ist das dein Wecker?«, grummelt sie und blinzelt mit den Augen.

»Ja, schlaf weiter.«

Ich tupfe einen Kuss auf ihre Stirn, schalte den Handywecker aus und setze mich auf.

»Wie spät ist es denn?«

»Es ist kurz nach sieben.«

»Scheiße!«, flucht Cathy und sitzt kerzengerade neben mir. »Ich wollte Amy heute in der Backstube helfen.«

»Na dann los«, grinse ich sie an. Mein Lächeln vergeht, als ich ihren Gesichtsausdruck sehe. »Was ist los?«

»Noah«, haucht sie. Dann folgen ihre Fingerspitzen, die sich sanft auf meine Wange legen. »Tut es sehr weh?«

Erst indem sie fragt, bemerke ich die pochenden Schmerzen unter meiner Haut. Es ist ein dumpfer Schmerz, ein leichter und einer, den ich gestern Nacht vollkommen ignoriert habe.

»Nein«, beschließe ich und lasse meine Lippen ihre Zweifel zerstreuen. Ich küsse sie. Sanft, vorsichtig. Und ich genieße die Gänsehaut, die meine Berührung auf ihre Haut legt.

Cathy reagiert so unglaublich empfindlich auf alles, was ich mache. Das ist berauschend. Es ist ein Kompliment. Und es bringt mich dazu, immer mehr und mehr solcher Empfindungen aus ihr herauskitzeln zu wollen. Cathy Mac Leary … Was machst du mit mir?

»Musst du wirklich los?«, schleicht sich ihre Frage zwischen uns.

»Ja. Leider.«

Ich löse mich von ihr, halte ihr Gesicht mit beiden Händen fest. Ich küsse sie erneut. Ich ignoriere meinen polternden Herzschlag und dann stehe ich auf.

Es ist Freitag und die Praxis öffnet heute um neun Uhr. Meistens bin ich eine Stunde vorher da, erledige Bürokram, frühstücke und bereite mich auf den Tag vor. Das werde ich heute nicht schaffen. Ein Blick auf meine blutigen Klamotten von gestern verrät mir, dass ich noch weniger Zeit habe als gedacht.

Ich werde nach Hause fahren müssen, mich umziehen und dann erst die Praxis öffnen können. Außerdem werde ich mein blaues Auge verstecken müssen. Ein Kinderarzt, der sich schlägt … Das ist nicht gut. Ich werde meine Mom bitten, es irgendwie wegzuschminken. Die Frau kennt alle Tricks. Es ist zwar kein Umweg, aber es bedeutet mehr Zeit und das wiederum bedeutet: Ich muss los.

»Komm, ich bring dich raus.«

Cathy ist in ihren Morgenmantel geschlüpft und hält mir ihre Hand hin. Ich bin gerade fertig damit, mich anzuziehen, greife ihre Hand und ziehe sie zu mir.

»Sieht gut aus«, erkläre ich und fahre mit dem Zeigefinger über die rosa Stelle in ihrer Handfläche. Die Verbrennung ist kaum mehr zu sehen.

»Es tut auch gar nicht mehr weh.«

»Sehr gut. Warum bist du nicht gekommen und hast mich deinen Verband wechseln lassen?«

»Warum bist du nicht zu mir gekommen und hast nach mir gesehen?«

Ich lache, schüttle den Kopf. »So eine bist du also?«

»Sieht ganz danach aus.«

»Okay. Das merke ich mir.«

Ein Kuss landet auf meinen Lippen. Dann dreht sie sich um, läuft zur Tür und steckt ihren Kopf in den Flur.

»Die Luft ist rein«, flüstert Cathy.

In der Küche stehen zwei belegte Bagels, zwei Gläser Orangensaft und eine Thermoskanne mit frischem Kaffee. So viel zu reiner Luft. Amy weiß genau, dass ich hier bin. Mir ist das vollkommen klar, nachdem Cathy gestern Nacht alles andere als leise war. Aber Cathy, ihr treibt es die Röte ins Gesicht. Niedlich.

»O Gott! Meinst du, Amy hat uns gehört?«

»Jeder hat uns gehört.«

»Nein!«, lacht sie, schlägt sich die Hand vor den Mund und guckt aus so unverschämt offenen Augen zu mir hoch, dass ich ihr die Empörung auf der Stelle glaube.

»Hast du uns nicht zugehört?«

»Ist das peinlich.«

»Ist es nicht.«

»Doch. Und wie!«

»Ich fand es scharf. Heiß. Und ich will dich genau so wieder hören.«

Cathy strahlt mich an. Ihr Blick ist viel mehr als leidenschaftlich. Er trägt noch andere Gefühle in sich. Die gleichen, die sie mir gestern Abend anvertraut hat. Sie lassen mich daran glauben, dass es eine Chance gibt. Dass irgendwo, irgendwann … vielleicht doch die Möglichkeit besteht, dass alles gut wird. Dass es wirkliche Liebe gibt.

Kaum habe ich den Gedanken zu Ende gedacht, lache ich ihn aus. Ich will nicht so naiv sein und ihm glauben. Zumindest noch nicht. Und auch dieses *noch* lache ich aus. Scheiße! Was immer das auch ist, was zwischen Cathy und mir entsteht … Es trägt die Waffen in sich, mir erneut das Herz zu brechen. Und dabei wollte ich das nie wieder zulassen.

»Ich nehme den Bagel mit und fahre. Es ist schon spät«, schleiche ich mich aus der Situation.

Auf einmal will ich einfach nur weg. Ich brauche Zeit für mich, Platz für meine Gedanken. Ruhe. Ich muss erst allein sein, um herauszufinden, ob ich wieder zu zweit sein kann.

»Okay.«

Cathy nickt, sie lächelt und dann packt sie mir den Bagel ein, schüttet Kaffee in einen Thermosbecher und reicht ihn mir. Sie stellt sich auf die Zehenspitzen und schenkt mir einen Kuss.

Sie strahlt mich an. Und damit kitzelt sie Wörter aus meinem Mund, die ich eigentlich gar nicht aussprechen wollte:

»Hast du heute Abend Zeit?«

»Ja.«

»Gut.« Ich nicke. Dann laufe ich aus der Küche in den Flur. Ich ziehe meine Schuhe an, nehme meine Jacke vom Haken. Ich denke nach.

Und dann entscheide ich mich dafür, dass eine Frau, die so unendlich viel in mir auslöst, unmöglich falsch sein kann. Zumindest kann der Versuch nicht falsch sein. Der Versuch, sie kennenzulernen, sie zu Daten, sie an mich heranzulassen. An mich. An mein Herz.

»Ich hole dich um acht Uhr ab.«

Kapitel 12

CATHY

»Guten Morgen«, flötet Amys Stimme unverschämt amüsiert in meine Ohren.

»Guten Morgen.«

»Und, hast du gut geschlafen?«

»Ich kann mich nicht beschweren.«

Amy prustet, hält sich eine Hand vor den Mund und schüttelt den Kopf. Ihre Augen funkeln mich an. Sie lassen mich erkennen, wie viel Lebensfreude in ihr steckt. Und sie zeigen mir, wie schön es ist, nicht nur eine Tante, sondern auch eine Freundin in ihr zu haben.

»Wie hast du denn geschlafen?«, traue ich mich die Gegenfrage und ernte schallendes Gelächter.

»Überhaupt nicht.«

»So schlimm?«

»Gott Cathy … Wenn ich das richtig verstanden habe-«, sie stockt, senkt ihre Stimme, blickt mir direkt in die Augen, »und ich habe wirklich alles ganz genau verstanden … Dann hattet ihr beiden die Nacht, von der ich schon lange träume.«

Ich lache.

»Es war gut, oder?«

»Ja«, flüstere ich.

»Was? Ich verstehe dich nicht.«

»Ja«, sage ich lauter.

»Wie bitte?«, Amy hält sich eine Hand um das Ohr, beugt sich näher zu mir. Und ich schreie:

»Ja, verdammt!« Dann grinse ich, schließe meine Augen und träume mich für einen Moment zurück. Nur ein paar Stunden. Nur einen Augenblick. Und er reicht vollkommen aus.

»Es war so verdammt gut. Ich wusste gar nicht, dass es so sein kann. Noch nie. Amy, so hat mich wirklich noch nie ein Mann berührt.«

Ich schlage meine Augen wieder auf und blicke in feuchte, pure Freude.

»Endlich«, haucht Amy und nimmt mich in die Arme.

Amy ist die Schwester meines Dads. Sie ist meine Freundin. Amy ist jeder Sommerurlaub meiner Kindheit und jedes Weihnachten, an dass ich mich erinnern kann. Amy ist da. Immer.

Sie ist die Mutter, die mich verlassen hat, als ich erst zwei Jahre alt war. Sie hat das Herz aufgelesen, dass die andere Frau zurückließ. Und seitdem beschützt sie es. Sie beschützt mich. Und sie ist glücklich, nur weil ich es bin.

Amy ist so unglaublich viel für mich. Und seit beinahe einem Jahr … Ist sie alles, was ich habe.

Kapitel 13

CATHY

Es ist Punkt acht Uhr. Ich stehe im Flur und warte auf ihn. Ich bin nervös. Kleine Schauer prickeln über meinen Rücken. Sie flüstern mir zu, dass es einen Grund gibt, aufgeregt zu sein. Sie erzählen von Gefühlen, die ich noch nie erlebt habe. Und sie lassen meine Hand zittern, als ich die Klinke runterdrücke und die Tür öffne.

»Hi.«

Noahs Stimme ist rau, sie ist tief und ich bin ihr vollkommen verfallen. Er braucht nur ein einzelnes Wort, zwei Buchstaben, und mein Herz schmilzt.

»Hi.«

»Du siehst wunderschön aus«, sagt sein Mund, während seine Augen mich noch viel mehr verstehen lassen. Sie sind dunkel, tief. Und sie blinzeln vergnügt auf, als sie an meinem Körper hinabgleiten. Ich gefalle ihm. Die Erkenntnis schenkt meinem Herzen ein warmes Gefühl, meinen Lippen ein Grinsen.

»Wohin gehen wir?«

»Das ist eine Überraschung.«

Er streckt seine Hand aus, ich lege meine hinein und lasse mich aus der Wohnung in den Hausflur ziehen. An seine Brust. Und dann küsst er mich.

Noahs Küsse sind immer wieder anders. Dieser ist verschmitzt, er ist gekonnt und er lässt mich auf einen heißen Abend hoffen. Seine Lippen sind offen. Sie grinsen und dabei legen sie sich immer wieder auf meinen Mund. Sie verschließen ihn, um sich dann wieder zu entfernen. Noah spielt mit mir. Er knurrt in meinen Mund und dann packt er meine Hüften, presst mich gegen die Wand und seine Zunge in meinen Mund.

Von null auf hundert.

Ich schlinge mein Bein um seine Hüften, genieße den festen Griff seiner Hand an meinem Schenkel. Ich presse mich gegen ihn und meinen Mund … meinen Mund lasse ich mir von ihm ausrauben. Noahs Zunge ist rau, sein Atem ist heiß. Meiner kommt stoßweise.

Ich verliere mich. Auf der Stelle. Weil Noah mich so küsst, dass ich alles andere vergesse. Nur meine Gefühle zählen. Und die versuchen sich gerade an einem doppelten Salto rückwärts.

»Hallo Noah«, dringt Amys Stimme an mein Ohr.

Ich erstarre, weiche von Noah zurück, als hätte ich mich an ihm verbrannt. Und die Farbe meiner Wangen spiegelt dieses Empfinden.

»Hallo Amy«, grinst Noah.

»Macht euch einen schönen Abend.«

»Das werden wir.«

»Oh«, Amy lacht. Sie blickt von mir zu ihm und wieder zu mir zurück. »Da bin ich mir sicher.«

Dann schließt sie die Tür auf, geht in die Wohnung und lässt uns im Flur stehen. Ich traue mich kaum, Noah anzusehen. Dann wage ich es doch und treffe auf dieses schiefe Lächeln, das mich von Anfang an verzückt hat.

»Komm, wir gehen.«

Noah führt mich aus. Wir sitzen in einem kleinen Lokal in der Innenstadt. Es ist gemütlich hier, voller Menschen und das Essen ist fantastisch.

Wir reden. Über ihn, seinen Beruf, dass er morgens joggen geht und abends Netflix schaut. An den Wochenenden trifft er sich mit seinen Eltern oder mit Freunden. Er geht mit den Männern Bier trinken, Billard spielen, kegeln. Außerdem liebt Noah es, zu reisen. Seine Augen spiegeln dieses Gefühl von Fernweh, das ich noch nie erlebt habe. Er hat schon viel von der Welt gesehen, so viel mehr als ich und mehr, als ich mir überhaupt vorstellen kann. Er isst Fisch, aber kein Fleisch. Er trinkt rund um die Uhr Kaffee und kann abends trotzdem gut einschlafen. Er liebt den

Sommer und das Meer. Er ist Single. Und das seit drei Jahren.

Und da sind wir nun. An dem Punkt, an dem die Vergangenheit ins Spiel kommt.

Noah legt ein Lächeln über die Unsicherheit in seiner Stimme. Ich merke es. Und ich verstehe den Grund dahinter. Es ist einfacher, etwas Schlimmes mit lachenden Lippen zu erzählen. Ansonsten bekommen die Worte zu viel Macht. Und dann versuchen sie, nicht nur aus dem Mund zu schlüpfen, sondern auch aus dem Herzen. Und das kostet mehr Kraft, mehr Vertrauen und es bedeutet Liebe. Da sind wir noch nicht. Wir sind in dem Stadium, in welchem lächelnde Lippen gebrochene Herzen schützen.

»Ich war verlobt«, sagt er. »Wir waren seit dem Studium ein Paar. Wir sind zusammengezogen. Wir wollten heiraten, eine Familie gründen.«

»Was ist passiert?«

»Ben Hartmann ist passiert.«

»Was?«, frage ich und streiche die aufgestellten Härchen auf meinen Unterarmen wieder glatt. Ich verstehe ganz genau, was das bedeutet. Trotzdem frage ich nach. Vielleicht, weil mein Herz nicht daran glauben kann, dass Ben tatsächlich so ein Arschloch ist. Vielleicht, weil ich es nicht glauben will.

»Ich habe sie erwischt. In unserem Bett. Es war nach der Arbeit und es war nicht einmal so, dass ich besonders früh nach Hause gekommen wäre.«

Noah sieht aus dem Fenster, zuckt mit den Schultern. Er lacht. Und ich höre den eigentlichen Ton. Den, den er nicht aus seinem Mund lässt.

»Was ist dann passiert?«

»Oh, es wird noch besser. Sie haben mich bemerkt.« Noah streicht mit der Hand über seinen Bart. Seine Stimme wird leiser. »Natürlich haben sie das. Ich habe ihn angebrüllt und sie … sie habe ich angefleht.« Er stockt. Ich lasse ihm Zeit, warte darauf, dass er die Kraft findet, um mir den Rest zu erzählen. »Ben ist auf mich zugestürmt und hat seine Faust in mein Gesicht gegraben. Aus dem Nichts. Ich bin umgekippt. Dann ist er gegangen und ich war allein. Sie ist hinter ihm hergerannt. Tja. Und dann … Dann kam sie wieder. In derselben Nacht. Weil Ben nicht daran interessiert war, mit ihr zusammen zu sein. Aber ich war es auch nicht mehr.«

Noahs Blick ruht auf der Tischplatte, seine Schultern hängen. Der sonst so starke Mann sieht mit einem Mal unglaublich schwach aus. Verletzt.

Es schnürt mir die Kehle zu, ihn so zu sehen. Und dann ist es mein Herz, das mich dazu anfeuert aufzustehen, mich neben ihn zu setzen und in die Arme zu schließen. Ich presse es so fest gegen seins, dass es ihm ein Geheimnis zuflüstern kann: *Du bist nicht allein. Ich kenne deinen Schmerz. Und ich weiß, dass er vergeht.*

Kapitel 14

NOAH

Wer immer mich fragt, dem sage ich, dass es schon drei Jahre her ist. Ich erkläre, dass Lisa nicht die Liebe meines Lebens war, dass ich glücklicher ohne sie bin. Ich habe mir einige Antworten zurechtgelegt. Und ich spreche sie nicht nur laut aus, sondern auch leise. In meinem Kopf. Immer dann, wenn ich zu Hause bin und mich selbst frage.

Ich weine nicht hinter ihr her, ich vermisse sie nicht. Aber ich vermisse es, eine Freundin zu haben. Wir waren so lange zusammen, dass ich erst lernen musste, wie es ist, Single zu sein.

Außerdem ist es schwer, seine Gedanken umzupolen. Von: *Wir heiraten und wollen dann versuchen, Eltern zu werden* zu: *Ist das eine einmalige Sache, oder sehen wir uns wieder?,* ist der Umstieg härter, als man glaubt. Die ersten Dates waren nicht leicht. Und dann waren sie auf einmal viel zu leicht.

Viele Frauen sind nicht daran interessiert, einen Mann fürs Leben kennenzulernen. Sie wollen nur einen Mann für den Moment. Und dieser Moment soll möglichst heiß sein, verschwitzt und so aussehen wie in ihrem Lieblingsporno. Das Gefühl hatte ich irgendwann. Und nachdem die nächste Frau ihr Spitzenhöschen in meinen Mund stopfen wollte, hatte ich genug. Mein Interesse an Frauen hatte sich verabschiedet.

Bis vor zwei Wochen … Und jetzt ist es Cathy, die mich fragt, wie es mir damit geht, dass meine Verlobte mich betrogen hat. Und mein Herz entscheidet einfach so, eine andere Wahrheit zu erzählen. Die, die ich von Anfang an gefühlt und dann versteckt habe.

Dieser Weg bringt ein Prickeln mit sich, das ich nicht ganz einzuordnen weiß. Das Einzige, was ich machen kann, ist einen Schritt nach dem anderen zu gehen. Und dazu gehören neue Fragen, neue Antworten, neue Gefühle.

»Hast du sie seitdem wiedergesehen?«

»Lisa?«

»Ja.«

Ich schüttle den Kopf. »Sie ist weggezogen. Ich habe sie nicht mehr gesehen.«

Aber das werde ich. Bald. Der Gedanke ist so laut in meinem Kopf, dass ich mich wundere, warum mein Mund ihn zurückbehält. Da ist nichts mehr zwischen Lisa und mir. Trotzdem habe ich die letzten Wochen an kaum etwas anderes denken können als die fünf Tage im Dezember, an denen wir uns sehen werden.

Und dann habe ich Cathy kennengelernt. Und jetzt? Scheiße, ich weiß es nicht. Ich atme durch. Ich versuche, meine Gedanken zu klären und mich auf die Frau zu konzentrieren, die neben mir sitzt. Die Frau, die mein Herz nicht gebrochen hat, sondern vielmehr in Begriff ist, es zu flicken.

»Sie hat alles aufs Spiel gesetzt. Für eine einzige Nacht. Das verstehe ich einfach nicht«, sagt sie und sieht mich dabei so traurig an, dass ich ihr jedes Wort glaube. In Cathys Herz ist kein Platz für Betrug.

»Vielleicht ist Ben so gut im Bett, dass es die Nacht wert war«, scherze ich und erstarre augenblicklich. Cathy blinzelt. Es ist eine flüchtige Bewegung, nur ein winziger Moment. Aber ich verstehe die Wahrheit dahinter.

»Bitte nicht«, murmle ich.

Meine Hände ballen sich zu Fäusten, mein Atem beschleunigt sich. Alles in mir hofft falschzuliegen, aber das mache ich nicht. Ich liege goldrichtig.

»Doch.«

»Wann?«

»Im Sommer vor vier Jahren.«

»Einen ganzen Sommer lang?«

»Sozusagen.«

»O Gott.« Meine Hand fährt durch meine Haare, bringt meine Frisur durcheinander. Genau wie Cathys Antwort meine Gedanken durcheinandergebracht hat. Ben Hartmann. Der Kerl verfolgt mich.

»Was ist passiert?«, frage ich schließlich und weiß nicht, ob ich die Antwort überhaupt hören will. Cathy ziert sich. Sie weicht meinem Blick aus. Irgendetwas stimmt nicht und ich will wissen, was es ist.

»Sag schon.«

»Nein.«

Sie guckt entschlossen. Ernst. Als ich aber grinse, wölben ihre Lippen sich ebenfalls, und als mein Lächeln breiter wird, kann sie ihres nicht mehr zurückhalten.

»Na los doch«, schiebe ich sie sanft näher in Richtung Wahrheit.

»Ben ist ein Arschloch, ihr habt eine Vorgeschichte, habt euch geprügelt. Zwei Mal…«

»Und?«

»Und? Vielleicht will ich dir nicht noch mehr Gründe geben, ihn zu hassen.«

»Ha! Es gibt immer einen Grund mehr, Ben Hartmann zu hassen.«

»Okay«, schnaubt sie. Dann gönnt sie sich einen Schluck aus ihrem Wasserglas, sieht mich an und schmunzelt. »Ich war neunzehn. Er war mein Erster. Ich wollte mehr und er wollte … nun ja … er wollte einfach nur Sex.«

»Bitte was?«, stürmt die Fassungslosigkeit aus meinem Mund. Und dabei kann Cathy unmöglich wissen, welche Information mich am meisten schockiert. Ich weiß es selbst nicht. Wahllos greife ich eine und bohre tiefer.

»Du warst neunzehn? Vor vier Jahren warst du neunzehn?«

»Ja.«

»Okay.«

»Was?«, fragt sie und boxt auf meinen Oberarm.

Ich schüttle den Kopf, schenke dem Bierglas vor mir ein Lächeln, trinke einen Schluck.

»Wie alt bist du denn?«

»Jetzt oder vor vier Jahren?«, weiche ich aus.

»Sag schon.«

»Ich bin zweiunddreißig.«

»Gott!«, kreischt Cathy und hält sich die Hand vor den Mund.

Sie sieht so unglaublich niedlich aus. Erstaunt, vollkommen ungläubig und außerdem erregt. Warum auch immer … Cathy Mac Leary findet etwas an der Information, dass ich älter bin als sie, heiß. Verflucht heiß.

»Du bist neun Jahre älter als ich«, stellt sie fest.

»Sieht ganz danach aus.«

»Damit habe ich nicht gerechnet.«

»Was dachtest du denn? Dass ich so ein junger Hüpfer bin wie du?«

»Haha.«

»Witzig, oder?«, raune ich ihr zu. »Stört es dich?«

»Die neun Jahre Unterschied?«, fragt sie.

Ich erwarte, dass sie nachdenken muss, herumdruckst, mir ausweicht. Aber das macht sie nicht. Cathy sieht mir geradewegs in die Augen.

Ihre Stimme ist klar, als sie sagt: »Nicht im Geringsten.«

Mein Herz zieht sich für einen Moment zusammen. So, als wurde es gerade umarmt.

»Stört es dich?«

»Nein.« Ich tupfe einen Kuss auf ihre Stirn, einen auf ihre Nase und dann einen auf ihren Mund. Und dann lasse ich das Thema fallen.

»Ben war also der Erste für dich?«

»Sieht ganz danach aus«, imitiert sie meinen vorlauten Tonfall von eben.

»Tzzzzz. Was finden Frauen bloß an diesem Mann?«

»Wie du schon vermutet hast. Er ist unglaublich gut im Bett.«

»Was?«, verschlucke ich mich an meinem Getränk, ihrer Antwort, allem, was gerade in meinem Kopf umhergeistert.

»Kleiner Scherz«, flüstert ihr Mund. Aber ich erkenne die Wahrheit in ihren Augen. Und die macht etwas in mir. Sie legt eine Frage in meinen Verstand, die mich ratlos macht: *Was wollen Frauen von Männern wie Ben?*

»Hey, Noah?«

»Hmm?«

»Ich habe kein Interesse an Ben. Nicht das kleinste bisschen. Du warst selbst dabei, als ich ihm das gesagt habc. Okay?«

»Okay.«

»Anderes Thema?«

»Gerne«, antworte ich und dränge all die Gedanken beiseite, die hier nicht hingehören. Ich versuche es zumindest.

»Wer war denn deine Erste?«

»Mila Breuer«, schwärme ich und ernte dafür einen empörten Laut von Cathy. »Ich war fünfzehn und es war verdammt schnell vorbei.«

»So einer bist du also.«

»Was für einer?«

»Einer, der schnell kommt und schnell geht. Einer, mit dem es schnell wieder vorbei ist.«

Sie grinst. Jedes Wort ist ein Scherz, eine Neckerei. Ich weiß es. Und genauso weiß ich, dass sie die Bestätigung dafür aus meinem Mund hören will.

»Ich bin nicht mehr fünfzehn, Cathy. Ich komme nicht schnell, ich lasse mir Zeit.« Sie errötet unter meinen Worten. Das freut mich. Noch mehr freut mich ihr offener Blick, als ich den Finger unter ihr Kinn lege und sie dazu bringe, mich anzusehen. »Und außerdem will ich nicht, dass es vorbei ist. Ich habe nicht vor zu gehen.«

In Cathys Augen legt sich ein feuchter Glanz. Ich presse meine Lippen auf ihren Mund. Weil meiner zu viel verraten hat und ich ihn daran hindern will, noch mehr preiszugeben. Außerdem, weil ich ihr nahe sein will. Weil ich sie küssen will. Und weil mein Herz verrücktspielt, wenn ihm derartige Gefühle entgegenstrahlen. Vollkommen verrückt.

»Kommst du mit zu mir?«, haucht Cathy in unseren Kuss.

»Nein«, beschließe ich und merke, wie ihre Muskeln sich verkrampfen. Ich lache. »Nein Cathy. Heute nehme ich dich mit zu mir.«

Kapitel 15

- 4 WOCHEN BIS WEIHNACHTEN -

CATHY

Mein Dad hat immer gesagt, dass man Momente festhalten kann. Wenn etwas besonders Schönes passiert ist, hat er Zeigefinger und Daumen so aneinandergelegt, dass sie ein Rechteck ergeben, es vor sein Auge geführt und hindurchgesehen wie durch eine Kamera. Er hat den Moment festgehalten.

Mir war vollkommen klar, dass er das kann. Mein Dad kann alles. Und irgendwo in seinem Inneren gibt es einen Ort, an dem unzählige Bilder meiner Kindheit aufbewahrt sind.

Habe ich gesagt, es gibt diesen Ort? Das war ein Versehen. Es gab ihn. Vergangenheit. Genau, wie es meinen Dad einmal gab.

Aber die Momente gibt es noch. Ich habe die gleichen Daumen und Zeigefinger wie er, trage dieselbe Kamera bei mir. Das habe ich schon immer. Und in mir wohnen die Schnappschüsse unserer gemeinsamen Zeit. Ich hole sie heraus, ich sehe sie mir an. Und dann lege ich sie wieder dahin zurück, wo sie hingehören. In mein Herz.

***

»Cathy?«, weckt Noahs tiefe Stimme mich aus einem traumgeladenen Schlaf.

Ich öffne meine Augen, sehe die Bilder vor mir verblassen. Ich versuche nicht, sie festzuhalten, trauere ihnen nicht hinterher. Ich weiß, dass ich sie wiederfinden werde. Ich lasse sie ziehen. Auch wenn es schmerzt.

»Guten Morgen«, murmle ich, schlage die Decke beiseite und spüre, wie Noah sich neben mir streckt.

Dann beginnt es, ein Ritual, das sich in unser Leben geschlichen hat: Noah verlässt das Bett, steigt unter die Dusche und versenkt mich mit seinen heißen Blicken. Ich schmunzle. Dann husche ich Barfuß die kalte Marmortreppe hinab ins Erdgeschoss, eile auf die Gästetoilette im Flur und flitze dann wieder hoch. Ich ziehe mich aus und steige zu ihm unter den heißen Strahl. Ich grinse ihm entgegen und freue mich über den Kuss, den er mir schenkt. Jeden Morgen. Und jeden Morgen unterhalten wir uns über das gleiche Thema:

»Ich würde meine Augen zu machen. Versprochen.«

»Bis ich fertig bin?«

»Genau. Außerdem ist das Duschwasser so laut, dass ich nichts hören könnte.«

»Du würdest mich gar nicht bemerken.«

»Ganz genau«, strahlt Noah mich an.

»Das ändert nichts an der Tatsache, dass ich neben dir pinkeln müsste.«

Noah lacht. »Und, wenn schon.«

»Nein.«

»Cathy. Das macht mir nichts. Wirklich.«

»Aber mir macht es etwas. Das zerstört die Romantik, das Kribbeln, einfach alles.«

»Aha.«

Ich boxe ihm gegen die Schulter, genieße das raue Lachen aus seinem Mund.

»Es stört mich nicht, nach unten zu gehen.«

»Aber du gehst immer nach unten. Bevor wir einschlafen wollen, mitten in der Nacht, morgens früh. Und das, obwohl es eine Toilette gibt, die fünf Meter neben dem Bett steht.«

»Genau das ist mein Problem. Dein Badezimmer ist offen. Ich kann auf der Toilette sitzen und mit dir reden, währen du im Bett liegst.«

»Ja, das mache ich doch genauso«, lacht er mich an und scheint die Kritik hinter meinen Worten gar nicht verstanden zu haben.

»Ich könnte stundenlang hier hocken und dein ganzes Schlafzimmer vollstinken«, gebe ich zu bedenken.

»Ich habe davon geredet, vor mir zu pinkeln, nicht davon, alles vollzustinken.«

»Vielleicht stinkt mein Pipi ja.«

»Tut es nicht.«

»Das weißt du doch gar nicht. Und außerdem könnte ich Gefallen daran finden und mich dann vollkommen gehen lassen wollen. Und dann furze und stinke ich hier einfach herum. Vor deinen Augen. Auf deine Toilette, die du in dein herrlich freies Badezimmer gebaut hast. Mitten ins Schlafzimmer«, rede ich mich vollkommen in Rage und treffe auf Noahs amüsierten Gesichtsausdruck.

»Du stinkst hier rum?«, grinst er.

»Vielleicht.«

»Du lässt dich vollkommen gehen?«

Ich werfe meine Arme in die Luft bevor ich sie in meine Hüften stemme. »Das könnte ich.«

»Mitten in meinem Schlafzimmer?«, raunt er und dreht damit die Situation. Vollkommen.

Ich schlucke. Sein Mund lächelt, bevor er sich auf meine Lippen legt. Und dann lasse ich mich gehen. Unter der Dusche. In dem herrlich freien Badezimmer, dass Noah mitten in sein Schlafzimmer gebaut hat.

***

Noah bringt mich zum Café, holt sich einen Kaffee und schenkt mir einen Kuss. Einen sanften. Einen, der mich daran erinnert, dass es einen Mann gibt, der an mich denkt. Ich spüre ihn auf meinen Lippen. Den ganzen Tag. Und er wird dort liegen bleiben, bis Noah zurückkommt.

Es ist bereits abends, wir haben geschlossen und ich bin dabei, Baumkuchen zu backen. Es sind noch vier Wochen bis Weihnachten. Amy und ich haben das Café in ein Winterwunderland verwandelt.

Rote Stoffbahnen legen die Decke in weiche Wellen, in der Ecke steht ein raumhoher Weihnachtsbaum und die Fenster sind mit Sprühschnee verziert. Wir haben Lichterketten aufgehangen und Zuckerstangen gebogen. Goldene Sterne hängen in den Ecken und spiegeln das warme Licht. Neben der Theke thront der große Adventskranz, den Amy selbst gesteckt hat. Musik klingt leise aus den Boxen. Und zudem haben wir Schokoladenkekse in goldenes Papier verpackt, um kleine Kinderherzen zum Strahlen zu bringen.

Amy liebt Weihnachten. Sie kann gar nicht genug dekorieren, backen, schenken. Sie freut sich monatelang auf diese Zeit im Jahr und genauso ging es mir auch immer. Das vergangene Jahr hat einen Schatten über meine Freude gelegt. Ich will ihn nicht spüren und schüttle ihn ab, wann immer es geht. Aber jetzt, in dem Moment, als ich die Kuvertüre schmelze und über den weichen Teig laufen lasse … Da spüre ich ihn. Er hüllt mich ein wie die Schokolade den Kuchen. Er umschließt mich. Bis alles dunkel ist. Eingeschlossen. Gefangen.

Eine Träne stielt sich aus meinen Augen. Sie fällt hinab und tropft auf die Schokolade. Sie fließt nicht weiter, sondern sinkt ein. Sie wird aufgefangen, umarmt. Der Anblick bringt etwas seltsam Tröstliches mit sich. Und er zieht so lange an meinen Lippen, bis ich dem Gefühl nachgebe und lächle.

Egal wie dicht der Schatten ist, darunter wartet Liebe. Der Weg hindurch lohnt sich. Immer.

Ein Klopfen vertreibt meine Gedanken, lässt meinen Kopf zur Seite schnellen. Noah steht vor dem Fenster. Er hält beide Hände und sein Gesicht gegen die Scheibe und blickt hindurch. Ich grinse. Kleine Schauer ziehen durch meinen Bauch. Ich bin aufgeregt.

Natürlich ist es nicht der bloße Anblick von Noah, der meine Schmetterlinge tanzen lässt. Es ist auch nicht die Aussicht auf einen gemeinsamen Abend, eine gemeinsame Nacht. Es liegt an den vier Päckchen, die ich für Noah gepackt habe. Eins zu jedem Advent. Der erste Advent ist heute.

»Hallo schöne Frau«, raunt er, als ich ihm die Tür öffne.

Er legt seine Hände in meinen Nacken und seine Lippen auf meinen Mund. Seine Umarmung zeigt mir, dass er mich vermisst hat, dass er sich auf mich freut, dass ich ihm wichtig bin. Und seine Lippen zeigen mir, wie sehr er mich will. Jeden Tag. Noah schafft es, dass ich mich an jedem Tag seit unserer ersten Nacht so fühle, als wäre ich die

Eine für ihn. Und vielleicht bin ich das auch. Und ganz vielleicht ist er auch der Eine für mich.

Der Gedanke lässt mein Herz klatschen. Und meinen Mund lässt er grinsen. »Hallo schöner Mann«, hauche ich in unseren Kuss.

»Was riecht hier so lecker?«

»Baumkuchen.«

»Was ist das?«

»Rührteig mit Rum und Marzipan und darüber eine Schokoladenschicht.«

»Klingt köstlich.«

»Ist es. Komm, du kannst mir helfen.« Ich löse mich aus seinen Armen, trete einen Schritt zurück und blicke in die Augen, die mir in den letzten Tagen immer vertrauter geworden sind.

»Gerne.«

Noah folgt mir in die Backstube. Er zieht seine Jacke aus, Amys Schürze an, krempelt die Ärmel seines Hemdes hoch und wäscht sich die Hände. Er dreht die Musik lauter, grinst. Und dann stellt er sich hinter mich und haucht gemeinsam mit Mariah Carey in mein Ohr: »All I want for christmas is you.«

Ich spüre eine Gänsehaut in meinem Nacken und kurz darauf einen Kuss. Noahs Lächeln liegt an meinem Hals, sein Herz klopft gegen meinen Rücken. Ich halte die Luft an und den Moment in meinem Herzen fest. Dann legt Noah seine Hände über meine.

»Zeig mir, was ich machen muss.«

Seine Worte prickeln in meinem Bauch. Obwohl er davon spricht, Baumkuchen zu backen, fühlt es sich intim an, aufregend. Weil ich ihn führen soll. Und weil er es genauso machen will, wie ich es am liebsten mag.

»Hier, du verteilst den Teig mit dem Löffel.«

»Hmm«, raunt er in mein Ohr, während unsere Hände gemeinsam den Löffel führen, während unsere Hüften im Takt der Musik schwingen. »Und dann?«

»Dann wird die Teigschicht im Ofen gebacken, bis sie braun ist.«

Ich hebe die Kuchenform an und gehe zum Backofen. Dann folgt ein neues Lied, die nächste Teigschicht und wieder die nächste bis zehn Schichten übereinanderliegen. Zwischendurch schenkt Noah mir Küsse, Berührungen, hungrige Blicke und kurze Momente, in denen wir alles liegenlassen und durch die Backstube tanzen. Und zum Schluss gießen wir eine Schokoladendecke über den Kuchen.

Fünf Kuchen sind fertig, dazu die Brote gebacken, der Teig für morgen früh vorbereitet und die Auslagen geputzt. Noah hilft mir noch beim Aufräumen und Spülen. Er schaltet die Musik ab, die Licher aus und schließt den Laden mit mir ab. Der Arbeitstag ist vorbei.

***

Es ist spät, es ist stockdunkel und es ist kalt. Es ist einer dieser Abende, in denen die Luft so klar ist, dass meine Lungen ihren Inhalt gierig aufsaugen. Meine Augen schließen sich von ganz allein, mein Brustkorb bläht sich auf. Ich atme ein. Für einen Moment halte ich die Luft in meinem Inneren gefangen, dann lasse ich sie heraus. Schnell. Damit ich den nächsten Zug nehmen kann und dann noch einen.

Ich liebe die klare Luft im Winter. Sie schenkt meinem Kopf eine Ruhe, die ich sonst nur selten verspüre. Ich bin glücklich. Tief in mir. Ich bin erschöpft, müde, habe leichte Schmerzen in meinem unteren Rücken, aber mein Herz … mein Herz verspürt nichts als reines, pures Glück.

In meine Hand schleichen sich warme Finger. Dann spüre ich Noahs Brust an meinem Rücken, seine Lippen auf meinem Nacken. Eine Gänsehaut rieselt von dem geküssten Fleck abwärts.

»Willst du nach oben, oder hast du Lust, eine Runde spazieren zu gehen?«, haucht Noah in mein Ohr.

»Spazieren«, beschließe ich. Ich möchte die Nacht genießen, die Luft, den Moment.

»Okay.«

Wir laufen los. Schweigend. Unsere Schritte legen ein leises Lied in die ansonsten tonlose Nacht. Die Lichtkegel der Straßenlaternen reichen nicht aus, um die Dunkelheit zu vertreiben. Sie bilden vielmehr kleine helle Inseln im tiefen Schwarz. Es ist kalt.

Und dann spüre ich einen winzigen Tropfen auf meiner Nase. Kühl, zart, fast zu wenig, um wahrgenommen zu werden, aber dennoch da. Der

Nächste trifft meine Stirn, meine Wange und dann bin ich mir sicher. Ich bleibe stehen, lege den Kopf in den Nacken und blicke in den Himmel. Unendlich viele weiße Punkte sausen durch die Nacht. Es schneit.

Ein verzückter Schrei schlüpft aus meinem Mund. Und dann laufe ich einfach los. Mitten auf die Straße. Unter den Lichtkegel der Laterne, die mir am nächsten ist. Ich breite meine Arme aus, werfe meinen Kopf zurück, blicke geradewegs in den Himmel und drehe mich. Ich drehe mich wie wild im Kreis. Runde um Runde. Als würde jede Umdrehung die Spule meines Glücks aufziehen. Bis zum Anschlag.

Ich bleibe stehen. Direkt vor Noah. Er grinst. Seine Augen funkeln, seine Lippen glänzen und meine Spule rast los. Runde um Runde. Bis all mein Glück um uns beide gewickelt ist. Bis unsere Hände zueinanderfinden, unsere Lippen, unsere Herzen.

Wir küssen uns. Mitten auf der Straße. Mitten in der Nacht. Mitten im Schneegestöber, das uns in kalten, nassen Tropfen auf die Haut fällt. Aber mir ist nicht mehr kalt. Mir ist unglaublich warm.

Ich liebe den Winter, ich liebe Schnee und verdammt, den Mann, der meine Lippen mit sanften Küssen bedeckt, den beginne ich auch zu lieben.

»Es schneit«, flüstert er in meinen Mund.

»Ich weiß.«

Kapitel 16

NOAH

Cathy ist glücklich, sie strahlt regelrecht. Ich sehe es in ihren Augen, an der Wölbung ihrer Lippen, in ihrem ganzen Gesicht. Sie liebt den Schnee. Und als unsere Lippen sich voneinander lösen, unsere Gesichter ganz nah voreinander sind und ich ihr tief in die Augen blicke, erkenne ich darin noch mehr. Sie liebt mich.

Mein Herz stolpert. Dann klopft es weiter. Aber schneller und irgendwie ungleichmäßiger. Es ist aus dem Tritt geraten und findet nicht mehr zurück. Ist das gut oder schlecht? Ich weiß es nicht, kann das Gefühl nicht einordnen. Es begleitet mich.

Es lähmt mich. Es lässt mich den ganzen Abend nicht mehr los.

Und es wird noch mal stärker, als wir in Cathys Schlafzimmer sind und sie mir ein kleines Päckchen überreicht. Es ist in grünem Papier eingepackt und trägt einen glitzernden Aufkleber mit einer 1. Ich sitze auf ihrem Bett und starre auf das Paket in meinen Händen.

Mein Kopf rattert. Haben wir uns vor einem Monat kennengelernt, ist heute ein besonderer Tag, habe ich etwas vergessen? Ich bin nicht gut in so etwas und ehrlich gesagt bin ich wenig romantisch und kein bisschen kitschig veranlagt. Ich halte ein Geschenk in meinen Händen und will es nicht auspacken. Das ist es, was mir durch den Kopf geht. Dazu sieht Cathy mich mit einem Blick an, der Unsicherheit in sich trägt. Für sie ist das hier etwas Großes und ich will nichts lieber, als dass es klein ist. Fuck!

»Was ist das?«, frage ich und schüttle das Päckchen.

»Ein Geschenk.«

»Das sehe ich.« Ich schließe meine Augen, atme durch. Ich will nicht unfair sein und das Gefühl tief in mir will ich verdrängen. So weit es eben geht. Darum kann ich mich kümmern, wenn ich allein bin. Ich zwinge ein Lächeln auf meine Lippen. »Verrätst du mir, womit ich das verdient habe?«

»Heute ist der erste Advent.«

»Oh.«

»Packst du es aus?«, fragt sie voller Ungeduld.

»Bekomme ich jetzt jeden Advent ein Päckchen?«

»Ja.«

Ich blicke zu ihr hoch in ihr Gesicht und sehe, wie sich ihre Freude in Furcht wandelt.

»Was ist los?«

»Das ist mir zu viel«, schlüpfen Wörter aus meinem Mund, die ich zwar spüre, aber nicht hätte sagen sollen.

»Es sind nur Kekse, Noah.«

»Oh.«

»Ist es das Geschenk, oder bin ich es?«, fragt sie. Leise, flüsternd.

»Was meinst du?«

»Was ist dir zu viel?«

Ich lege das Päckchen zur Seite, fahre mit den Händen durch meine Haare. Ich weiß keine Antwort. Was total bekloppt ist. Es ist nicht … sie ist nicht … ich bin … was? Fuck! Der Augenblick ist wichtig. Ich merke das. Und ich versage. Vollkommen. Weil ich nichts sage und nichts genau das ist, was Cathy am wenigsten hören wollte.

»Raus«, flüstert sie und geht zur Tür.

Sie hält mir die Tür auf, blickt in meine Richtung, aber nicht in mein Gesicht.

Komm schon, Cathy, sieh mich an. Lass mich sehen, was du denkst, was du fühlst. Lass es mich wieder gut machen. Aber das macht sie nicht und ich … ich mache es auch nicht. Ich stehe auf und gehe. Durch die Tür aus ihrem Zimmer. Und ich weiß nicht einmal, warum. Meine Füße tragen mich einfach. Durch den dunklen Flur bis zur Küche.

Meine Gedanken rasen auf Rennstrecken durch meinen Kopf, knallen gegen Banden, überschlagen sich, gehen in Flammen auf. Ich weiß nichts mehr.

»Noah, was ist denn?«, reißt mich Amys Stimme aus dem Nichts.

Ich blicke sie an und sage das Erste, was mir in den Sinn kommt: »Ich habe Scheiße gebaut!«

Sie legt ihren Kopf schief, betrachtet mich. Dann schließen sich ihre Finger um meinen Arm und ziehen mich in die Küche. Ich folge ihr. Völlig unfähig, etwas anderes auch nur in Erwägung zu ziehen. Vor dem Stuhl bleibe ich stehen.

»Na setz dich schon hin.«

Ich tue es.

»Hier trink einen Schluck Wasser und dann erzählst du mir, was passiert ist.«

Sie stellt ein Glas vor mich und setzt sich mir gegenüber. Sie sieht mich an. Still. Und irgendetwas in ihrem Blick verrät mir, dass ich ihr vertrauen kann. Dass meine Gedanken bei ihr sicher sind.

»Cathy hat mir Kekse geschenkt. Zum ersten Advent.«

»Und?«

»Ich habe ihr gesagt, dass mir das zu viel ist.«

»Was? Die Kekse oder sie?«

Ich lache. »Das hat Cathy auch gefragt.«

»Und was hast du geantwortet?«

»Nichts.«

Ich erkenne meinen Fehler. Das habe ich eben schon. Aber indem ich es laut ausspreche, merke ich, wie verletzend es für Cathy gewesen sein muss. Amys Blick tut sein Übriges. Ich erwarte Vorwürfe. Und genau das hätte ich auch verdient. Wirklich. Aber was Amy mir entgegenbringt, ist etwas anderes. Etwas vollkommen anderes.

»O Noah.« Sie schüttelt den Kopf, grinst. »Lisa und Cathy haben nichts gemeinsam.«

»Du meinst außer Ben und mir.«

Sie lacht. »Ich meine damit, dass Lisa schon immer ein falsches Herz hatte, du es aber nicht sehen wolltest. Cathy aber … Nun, ich glaube, ihr Herz hast du sehr wohl gesehen und das macht dir Angst.«

Während sie spricht, beginne ich bereits zu nicken. Es fühlt sich so an, als würde mein Körper die Wahrheit hinter ihren Worten früher verstehen als mein Verstand. Da mein Verstand aber derjenige ist, der über meine Antwort entscheidet, brauche ich etwas, um sie auszusprechen.

»Vielleicht hast du recht.«

»Ich habe immer recht.«

»Ich weiß es nicht. Okay?«, frage ich und blicke wieder zu ihr auf. »Ist es okay, dass ich einfach nicht weiß, was ich fühlen soll?«

Anstelle von Amy antwortet eine andere Stimme. Cathys Stimme.

»Das weiß ich doch auch nicht.«

Sie steht im Türrahmen. Ihre Augen sind rot, ihr Lächeln zaghaft. Ihr Blick bringt mein Herz erneut dazu, zu stolpern. Es schmerzt in meiner Brust. Ich ignoriere das Gefühl und versuche, die richtigen Worte zu finden.

»Es tut mir leid, dass ich nichts gesagt habe.«

»Ist okay.«

»Ist es nicht.«

»Nein, das ist es nicht.«

Sie flüstert. Sie hält ihre Arme mit beiden Händen fest umklammert. Sie weint. Fuck!

Mit einem Ruck stehe ich auf und schließe sie in meine Arme. Ich halte sie so lange fest, bis sich ihre verkrampften Muskeln langsam lösen. Und dann noch länger. Ich streichle ihren Rücken. Ich tupfe Küsse auf ihr Haar. Und ich hauche kleine Laute in ihr Ohr.

Ich will nicht, dass sie leidet. Ich will, dass sie glücklich ist, vor Freude strahlt. Ich will sie so sehen wie eben im Schnee. So, wie sie mich in ihrem Zimmer angesehen hat. Genau so. Auch wenn es mein Herz dazu bringt, aus der Fassung zu geraten. Auch wenn es mir Angst macht. Höllische Angst.

»Was machst du nur mit mir?«, flüstere ich und stelle damit die eine Frage laut, die schon so lange leise durch meinen Kopf schleicht.

»Was machst du mit mir?«, fragt Cathy empört zurück.

»Was mache ich denn?«

Ihr Kopf hebt sich meinem entgegen. Mein Daumen wischt eine Träne von ihrer Wange, eine von ihrer Unterlippe.

»Du machst mich verrückt.«

»Du mich auch.«

»Du machst mich glücklich.«

»Kleines, genau das will ich.«

»Du machst mich mutig.«

Ich lache. »Ich mag dich, wenn du mutig bist.«

»Und du machst mich traurig.«

Eine Träne löst sich aus ihrem Auge, läuft über meine Finger. Ich folge ihrem Weg mit meinem Blick, sehe, wie sie zu Boden fällt.

»Das tut mir leid«, flüstere ich und lege meine Lippen auf ihren Mund. Ich küsse sie. Und ich hoffe, dass meine Lippen sie all das spüren lassen, was ich nicht aussprechen kann.

Kapitel 17

CATHY

Alles ist gesagt. Alles ist wieder gut. Es war ja auch nur ein Missverständnis. Oder ein Missempfinden. Vielleicht ein Missgedanke. Jedenfalls steht es nicht mehr zwischen uns.

Sollte es zumindest nicht. Ich weiß das. Und ich will auch wirklich keine große Sache daraus machen. Am liebsten würde ich die letzte Stunde komplett streichen. Aber das geht nicht. Genauso wenig funktioniert es, mir keine Gedanken zu machen. In meinem Kopf schwirren Tausende umher.

Vor allem jetzt, da ich allein in meinem Bett liege und Noah auf dem Weg zum Flughafen ist. Er ist so offensichtlich nicht bei mir, dass mein Kopf gar nicht anders kann, als dem leeren Platz neben mir einen Grund anzudichten …

In dieser Nacht schlafe ich schlecht, wälze mich hin und her und gucke immer wieder auf mein Handy. Noah ist gut angekommen. Am Flughafen, im Hotel, in seinem Zimmer. Er schickt mir Nachrichten und ich antworte. Es ist alles gut. Und je öfter ich mir genau das sage, desto weniger glaube ich es.

***

Der nächste Morgen beginnt grau und nass. Nichts lässt mehr erkennen, dass es gestern Nacht geschneit hat. Hätte ich es nicht mit eigenen Augen gesehen, die Schneeflocken nicht auf meinen Wangen gespürt - ich würde es nicht glauben. Vielleicht ist das mit Noah und mir ganz genauso.

Einen Augenblick lang vollkommen. Rein, klar und unbegreiflich schön. Und genauso schnell verschwunden, wie es gekommen ist.

Tja, der Gedanke ist da. Und weil ich ich bin und meine Gedanken eben auch meine Gedanken sind, stürze ich mich in mein selbst heraufbeschworenes Leid hinein. So richtig. Ich habe Bauchschmerzen, will nichts essen und nichts trinken, ich quengele vor mich hin, meckere herum und ich trödle. Ich bin ganz schrecklich. Zu mir selbst und auch zu Amy. Aber immerhin geht meine Welt gerade unter. Da darf man schrecklich sein. Keiner geht lächelnd unter. Nicht einer! Wenn die Zeit zum Leiden gekommen ist, darf man genau das. Und ich nehme mir mein Recht. Reichlich davon. Ich leide!

»Jetzt ist es aber gut«, lacht Amy mich von der Seite an.

Ihr Blick verspricht, dass sie jeden einzelnen meiner Gedanken belauscht hat.

»Nichts ist gut.«

»Du hast dir also vorgenommen, heute unausstehlich zu sein?«

»Sieht ganz danach aus. Wenn es dir hilft: Ich kann mich selbst nicht leiden«, antworte ich ihr und hoffe, das Thema damit abgeschlossen zu haben. Ich mag nicht reden. Ich möchte viel lieber weiter leiden.

»Und warum der ganze Quatsch?«

»Wie bitte?«, frage ich ungläubig. Mein Blick wandert zu Amy hinüber. Sie lehnt am Tresen, ein kariertes Handtuch in der einen Hand und einen Zuckertannenbaum in der anderen.

»Du hast mich schon verstanden.«

»Quatsch?«

»Ganz genau.«

»Du warst doch gestern dabei, du hast es doch gesehen«, sprudelt die Empörung aus mir heraus.

Amy legt ihren Kopf schief, sie betrachtet mich. Dann kommt sie näher und hält mir den Zuckertannenbaum hin.

»Hier, iss.«

»Nein.«

»Nun mach schon.«

»Nein, Amy. Ich will keinen Zuckerkeks und auch keinen blöden Ratschlag.«

»Hatte ich jemals einen blöden Ratschlag für dich?«, flüstert Amy. Nicht erstaunt, eher verletzt. Und das wiederum verletzt mich. Weil ich Amy lieb habe. Weil es mir wehtut, wenn ihr wehgetan wird. Nur bin leider ich diejenige, die an dem ganzen Dilemma schuld ist.

Ich antworte nicht. Ich kann es nicht. Eine unsichtbare Schnur liegt um meinen Hals, drückt ihn zu und schlängelt sich weiter um mein Herz. Ich schlucke, aber es hilft nicht. Also mache ich nichts. Ich stehe einfach nur da und starre auf einen Punkt kurz vor Amys Füßen. Ich warte.

»Es gibt Augenblicke, in denen man genau spürt, dass man einen Fehler macht. Und man macht ihn trotzdem. Das ist nicht so schön. Aber weißt du was?« Amy streckt ihre Hand aus, legt sie auf meinen Unterarm. »Ich weiß ganz genau, dass du mich lieb hast. Genauso weiß ich, dass du etwas für Noah empfindest. Und ich weiß auch, dass du dich da in etwas hineinsteigerst. Noah hat einen Fehler gemacht und sich entschuldigt. Birg ihm nicht auf, sich immer wieder für etwas zu entschuldigen, dass du längst verziehen hast. Das ist nicht fair.«

Ich nicke. Ich weiß, dass Amy recht hat. Mein Kopf weiß es. Aber mein Herz zeigt mir immer noch andere Wahrheiten. »Danke«, flüstere ich und frage dann: »Ist es okay, wenn ich hochgehe?«

»Natürlich ist es das. Immer. Loreen sollte auch gleich da sein, dann habe ich Hilfe.«

»Loreen?«

»Kennst du sie? Loreen ist die Tochter von meiner Freundin Agnes, sie müsste in deinem Alter sein.«

Ich denke einen Moment nach, aber mir fällt kein Gesicht zu dem Namen ein. »Nein, leider nicht. Aber schön, dass wir eine neue Aushilfe bekommen.«

»Das finde ich auch«, strahlt Amy, »und für dich wird sie vielleicht eine neue Freundin. Geh ruhig hoch, leg dich hin und ich komme nach Feierabend in dein Zimmer, okay?«

»Danke.«

Ich blicke hoch und treffe auf die Art von Verständnis, die nicht selbstverständlich ist. Amy schenkt mir ein Grinsen und dann zieht sie mich in eine feste Umarmung. »Danke«, nuschle ich noch einmal und sauge all die Liebe auf, die ihre zwei Arme mir schenken.

»Cathy?« Ein Kreischen zieht durchs ganze Haus. »Hier ist Loreen.«

Ich setze mich auf, lege Diego zurück aufs Kopfkissen und warte, bis mein Kopf klarer wird. Der letzte Traum zieht noch an meinen Gedanken, hält mich in der Vergangenheit. Aber Loreen und ihr plötzliches Auftauchen sind stärker.

»Ich bin hier«, rufe ich.

Einen Moment später fliegt meine Zimmertür auf. Und da steht sie. Loreen: Dunkelbraune

Locken, hellgrüne Augen, eine freche Stupsnase und ein noch frecheres Grinsen. Dazu trägt sie ausgewaschene Jeans, Boots und ein hautenges Shirt. Bauchfrei. Loreen scheint in einer anderen Jahreszeit zu leben. Oder aber ihr ist heiß. Sie ist es in jedem Fall. Würde ich auf Frauen stehen, dann auf eine wie Loreen.

Nanu, woher kommt der Gedanke auf einmal? Ich schiebe ihn weg. Mit aller Kraft. Aber er ist da. In meinem Kopf und auf meinen Wangen, die sich passenderweise in ein peinliches Rot färben. Super.

»Sag nicht, du hast geschlafen?«, fragt sie und betrachtet mein Bett.

»Ähm -«

»Awww, du hast einen Teddy. Das ist ja süß. Wie heißt er?«, plappert sie munter weiter, schnappt sich Diego von meinem Kissen und setzt sich ganz selbstverständlich an seinen Platz. Auf mein Bett, direkt neben mich.

»Diego und er ist ein Panda.«

»Den mag ich.« Sie dreht ihren Kopf zu mir um. Für einen Moment sehen wir einander in die Augen. »Genau wie dich.«

Ein Kuss trifft meine Wange, zwei Arme drücken mich an einen schlanken Körper. In meinem Bauch kribbelt es. Genauso plötzlich, wie er gekommen ist, ist der Moment vorbei. Das Kribbeln bleibt. Und ich bin ein wenig überfordert von der Situation, die für Loreen herrlich normal zu sein scheint. Sie sieht mich an. Sie lächelt.

»Was ist, gehen wir feiern?«

»Ja«, beschließe ich ganz spontan und lasse meinen Körper der Entscheidung folgen. Damit er beschäftigt ist. Damit meine Gedanken sich auf etwas anderes stürzen können. Und weil die Idee mir wirklich gut gefällt.

Ich stehe also auf, gehe zum Schrank und ziehe mich um. Enge Jeans, helle Bluse, meine goldene Kette mit dem Herzanhänger und Stiefeletten. Meine Haare drehe ich zu einem losen Knoten und meine Lippen ziehe ich mit rotem Lippenstift nach. Fertig.

Ich bin nicht so weiblich wie Loreen, strahle nicht die gleiche Art von purer Freude, Spaß und Sex aus … aber ich bin hübsch. Ich fühle mich wohl in meinem Körper. Und heute Abend möchte ich rausgehen und Spaß haben. Ich möchte die negativen Gedanken vertreiben, die sich ungefragt eingeschlichen haben. Und ich weiß, dass es mir gelingen wird. Allein, weil Loreen da ist.

»Wo gehen wir denn hin?«, frage ich und merke gleichzeitig, dass es mir vollkommen egal ist. Hauptsache raus.

»Zuerst über den Weihnachtsmarkt und dann ins *Purple*?«

»Ich war ewig nicht im *Purple*«, kichere ich und denke an das letzte Mal. Es war vor vier Jahren. Mit Ben.

»Woran denkst du?«, fragt Loreen und lässt ihre Augenbrauen dabei tanzen.

»An Ben Hartmann und mein letztes Mal im *Purple*«, erkläre ich und treffe auf ein etwas zu breites Grinsen. »Was?«

»Ben Hartmann also«, säuselt sie. »Das könnte lustig werden.«

»O nein! Ich möchte heute Spaß haben.«

»Dafür ist Ben hervorragend geeignet.«

»Ha! Wenn du wüsstest«, lache ich.

In meinem Bauch flattert das angenehme Gefühl unerzählter Geschichten umher. Der Abend wird großartig. Ich weiß es jetzt schon.

Wenig später verlassen wir mein Zimmer. Ich verabschiede mich von Amy, ziehe meine Jacke an und laufe mit Loreen aus dem Haus, auf die Straße und mitten hinein in die regnerische Winternacht.

Der Weg bis zum Weihnachtsmarkt füllt sich von ganz allein mit den Geschehnissen der letzten Jahre. Mit Geheimnissen, Wünschen, lustigen und traurigen Erlebnissen. Wir erzählen einander alles. Es fühlt sich nach Freundschaft an. Nach einer Vertrautheit, die uns schon viel länger verbindet als einen Tag. Und nach etwas anderem. Etwas Neuem.

Ich weiß nicht genau zu benennen, was es ist. Aber mein Herz ist ein wenig nervöser als sonst. Es ist aufgeregt. Und ich mag diese Art von Aufgeregtheit in meiner Brust. Sie lässt mich spüren, dass ich lebe.

Kapitel 18

NOAH

Wenn man auf einen bestimmten Moment wartet, wird er im eigenen Kopf immer größer, bedeutsamer. Wenn er dann endlich da ist, kann es sein, dass das lange Warten sich am Ende gelohnt hat, dass alle Erwartungen noch übertroffen werden. Oder aber man wird enttäuscht. Der Moment ist eine Mogelpackung. In ihm liegt nichts als heiße Luft und die lange Zeit des Wartens war Verschwendung.

So fühlt es sich für mich an, als ich Lisa in der Empfangshalle des Hotels wiedersehe. Nach nichts. Es kribbelt nicht, es ist nicht aufregend, es bringt meine Lippen nicht zum Lächeln und mein Herz nicht zum Rasen. Sie ist einfach nur da. Sie sieht gut aus. Und sie interessiert mich nicht im Geringsten.

»Noah, schön dich wiederzusehen«, flötet sie mir entgegen.

Ihre schlanken Arme legen sich unaufgefordert um meinen Hals, ihre Lippen treffen meine Wange. Es ist ein lauter Kuss, ein feuchter. Einer, der beachtet werden will. In ihm soll mehr als eine höfliche Begrüßung liegen. Ich merke das. Und es stört mich. Ich küsse sie nicht zurück, setze ein Zeichen. Dann löse ich ihre Umarmung und schenke ihr ein reserviertes Lächeln.

»Lisa, hallo.«

»Du siehst gut aus Noah.« Sie tritt einen Schritt zurück, betrachtet mich. Dann greift sie meine Hand. »Und du hast immer noch keinen Ring am Finger. Bist du Single?«

»Ja«, sagt mein Mund, während sich mein Kopf verneinend schüttelt.

Sie grinst. Es ist dieses strahlend weiße Lächeln, in dem die Perfektion eines Kieferchirurgen wiederzuerkennen ist. Sonst nichts. Keine Wärme, kein Gefühl, keine Geheimnisse. Nur Perfektion.

»Weißt du es selbst nicht, oder willst du mich absichtlich in die Irre führen? Noah …«, haucht sie meinen Namen und kommt mir dabei wieder näher. »Spiel keine Spielchen mit mir. Du weißt doch, dass ich gewinne.«

Ihre Worte legen eine Gänsehaut in meinen Nacken. Ich schüttle sie ab. Genau, wie ich Lisa abschüttele. Weg von meinem Körper, meinen Gedanken und ganz weit weg von meinem Herzen.

Ich schließe meine Augen, atme durch. Dann öffne ich sie wieder und beende unser Gespräch mit einem Satz: »Du scheinst vergessen zu haben, dass ich nicht spiele.«

Ich drehe mich um und gehe. Schritt für Schritt lasse ich Lisa hinter mir und mit ihr auch meine Vergangenheit.

Was habe ich mir eigentlich davon erhofft, sie wiederzusehen? Dass sie sich bei mir entschuldigt? Wollte ich hören, dass es ihr leidtut und sie unsere gemeinsame Zeit vermisst? Vielleicht sogar, dass sie zu mir zurückwill? Der Mann in mir, dessen Ego geknickt wurde, hat sich ganz genau das erhofft. Mehr sogar … Aber der Mann in mir, dessen Vertrauen mit Füßen getreten wurde, dessen Herz brach … den interessiert es nicht, was Lisa empfindet, wer sie jetzt ist und wo sie einmal hinwill. Er schreit mich an, wie dumm ich bin, auf den anderen Mann gehört zu haben. Er brüllt, dass die eine Frau so vollkommen egal für mich ist, während die andere Frau … Cathy … alles andere als egal ist.

Fuck!

Ein einzelner Gedanke an Cathy reicht aus, um mein Herz erneut zum Stolpern zu bringen. Ich muss mich festhalten. An der Wand neben den Aufzügen. Und dann spüre ich es wieder. Dieses Gefühl tief in mir. Eine kleine Unruhe in dem sonst so regelmäßigen Klopfen. Es lässt meine Schritte schneller werden und meinen Atem hektischer. Es bringt mich dazu, auf mein Hotelzimmer zu stürmen, die Tür hinter mir zuzuschmeißen und mich aufs Bett fallen zu lassen. Mit dem Kopf in die Kissen, den Händen vor meiner Brust und meinem Herzen außer Kontrolle. Vollkommen außer Kontrolle.

Was will ich? Was mache ich hier? Und was zum Teufel macht Cathy mit mir?

Ich grinse. Und dann lasse ich es einfach zu. Das Gefühl in meinem Herzen. Es ist nicht ebenmäßig, nicht rund und ganz bestimmt nicht perfekt. Es ist vollkommen chaotisch. Aber es ist da. Es ist kräftig.

Es ist Liebe.

Kapitel 19

CATHY

Es regnet. Es ist so kalt, dass die Luft in meinen Lungen schmerzt und der Wind unter der Qual, die eisigen Tropfen tragen zu müssen, laut aufjault. Es ist das schlecht möglichste Wetter für einen Weihnachtsmarktbesuch. Und es ist fantastisch.

Meine Hände halten eine Tasse heißen Apfelpunsch fest umklammert, meine Wangen glühen und mein Herz lacht.

Loreen und ich ziehen von Büdchen zu Büdchen, kaufen süße Leckereien und Selbstgemachen Schmuck für den Weihnachtsbaum. Wir probieren Waffeln mit Birnen und Walnüssen und ertränken sie in Rum. Wir entscheiden, dass jedes Heißgetränk probiert werden muss und verzweifeln an dem Orangentraum, der alles andere als traumhaft schmeckt.

Unter dem Schutz eines gerade gekauften Regenschirmes ziehen wir weiter, kichern, stolpern und entscheiden uns für ein letztes Getränk, bevor wir ins *Purple* gehen. Es ist ein herrlicher Abend. Ein Freundinnenabend. Und er vertreibt die Sorgen in meinem Herzen vollkommen.

»Hast du gesehen, wer gerade ins *Purple* gegangen ist?«

»Nein, wer denn?«, frage ich und blicke durch den Regenschleier auf die andere Straßenseite. Außer der pink leuchtenden Neonröhre über der Eingangstür erkenne ich nichts.

Loreen grinst. »Wen könnte ich wohl meinen?«

»Sag bitte nicht, dass du von Ben sprichst.«

»Genau den meine ich.« Loreen stupst mich mit dem Ellbogen an. Sie kommentiert meinen abweisenden Gesichtsausdruck mit einem lauten Lachen. »Ach komm schon. Das wird lustig.«

»Du kennst offensichtlich ein anderes *lustig* als ich.«

»Ein Schnaps und dann gehen wir.«

»Neeeeein«, verzweifle ich.

»Komm schon.«

Sie legt vier Euro auf die Theke, bekommt zwei Gläser mit einer klaren Flüssigkeit zurück und hält mir eins davon hin. Ich gebe mich geschlagen. Zumindest was den Schnaps angeht. Die Gläser klirren aneinander, unsere Augen verhaken sich für einen Moment und dann stürze ich die brennende Flüssigkeit hinunter. Mein Hals wird warm, mein Magen heiß. Und dann sehe ich zu Loreen.

»Bitte«, fleht sie und klimpert mit ihren unverschämt langen Wimpern.

»Bitte.« Ein Kuss trifft meine Wange.

»Bitte.« Jetzt die andere Wange.

»Bitte«, haucht Loreen noch einmal, schließt ihre Augen und bewegt den Kopf direkt auf mich zu. Zur Mitte meines Gesichtes. Auf meinen Mund.

Ich erstarre augenblicklich. Dann liegen ihre Lippen auf meinen. Zart, sanft und weich. Es ist ein kurzer Kuss. Ein lauter. Einer, der irgendetwas bedeutet, alles oder auch nichts. Ich weiß es nicht. Er ist vorbei, bevor ich einen einzigen Gedanken zu Ende denken kann. Und außerdem ist er vorbei, bevor ich es realisiere. Ich öffne meine Augen erst später. So viel später, dass Loreen die Verzögerung auffällt.

»Interessant«, flüstert sie und küsst mich gleich noch mal.

Und schon wieder ist der Moment blitzschnell vorbei. Ich behalte nichts zurück, außer dem schmatzenden Geräusch in meinen Ohren und einem warmen Gefühl auf meinen Lippen. In meinem Kopf breitet sich ein diffuser Schwindel aus. Einer, der mir gefällt.

»Komm, wir gehen«, beschließt sie, greift meine Hand und zieht mich mit.

Ich taumle hinter ihr her. Meine Gedanken hängen noch draußen fest. An dem letzten

Büdchen vom Weihnachtsmarkt. An dem kalten Regen in meinem Nacken und den warmen Lippen auf meinem Mund …

***

»Süße, ist alles okay bei dir?«, reißt Loreen mich aus der Starre.

Wir sitzen an einem kleinen Tisch in der hinteren Ecke vom *Purple*. Die Bar ist rappelvoll. Es ist irre warm hier. Die Luft trägt Feuchtigkeit in sich, verschiedene Gerüche und laute Musik. Mein Kopf dröhnt. Vielleicht vom vielen Alkohol, von dem plötzlich erhöhten Lautstärkepegel oder aber wegen Loreen. Ich weiß es nicht.

Genauso wenig weiß ich, ob alles okay bei mir ist. Ich lächle sie entschuldigend an. »Alles gut. Ich muss nur kurz zur Toilette.«

Ich stehe auf und zwänge mich durch tanzende und trinkende Menschen.

Der Fliesenboden auf der Damentoilette ist nass und dreckig, die Waschbecken sind mit Seifenresten beschmiert und der Spiegel ist zerbrochen. Es ist viel kälter hier, was an dem offenen Fenster liegt, durch das die kalte Dezemberluft hineinströmt. Außerdem ist es ruhiger. Ich bin allein. Und ich habe endlich einen kurzen Moment Zeit, um nachzudenken.

Was will ich eigentlich? Wer bin ich? Ich schließe meine Augen, halte mich am Waschbeckenrand fest und denke nach … Es gelingt mir nicht. Ich weiß es einfach nicht mehr. Weder was ich will, noch wer ich bin. Alles dreht sich. Ich kann nichts festhalten. Keinen Gedanken und mich … mich auch nicht.

»Hey, Cathy?« Loreen steht direkt neben mir. Ich öffne meine Augen und sehe, wie sie grinst. »Sag schon. Was ist los?«

Ich atme tief ein und gleich wieder aus. »Ich weiß es einfach nicht. Ich weiß nicht, was ich will.«

»Und das beschäftigt dich?«

»Ja.«

»Mach einfach das, was sich gut anfühlt.«

Ich lache. »So einfach ist das?«

»Was sich gut anfühlt, kann nicht falsch sein, oder?«, haucht sie.

Die Härchen in meinem Nacken stellen sich auf. Es ist eine prickelnde Gänsehaut, aber eine kalte. Ich weiß nicht, was das zu bedeuten hat, und nehme für den Moment nur die Aufregung wahr, die eine Gänsehaut immer mit sich bringt.

»Klingt logisch.«

»Komm, wir gehen tanzen«, beschließt Loreen und zieht mich mit sich.

Ich folge ihr, dem neuen Gefühl und dem Gedanken, alles richtig zu machen. Ich tanze. Außerdem lache ich und ich trinke. Ich finde wieder zurück zu der Losgelöstheit von vorhin. Und auch zu dem Prickeln in meinem Bauch. Es begleitet mich durch den nächsten Song und es wird stärker, als Loreen ihre Arme um mich schließt und mit mir tanzt. Körper an Körper. Haut an Haut. Und dann wird Loreen ein kleines Stück von mir weggezogen. Ben steht hinter ihr. Er legt seine Arme um ihre Taille, presst sein Becken gegen ihren Arsch. Er tanzt mit ihr und blickt dabei in meine Augen.

Ich tanze mit. Für mich allein und doch irgendwie mit den beiden zusammen. Wir reden kein Wort miteinander. Aber wir sehen uns an. Und irgendwie sehen wir auch in den anderen hinein. Bens Augen sind dunkel, sein Lächeln gilt mir. Genau wie das von Loreen. Sie beide geben mir das Gefühl, nur mich zu sehen, und das legt eine weitere Gänsehaut über die von eben. Diese hier ist stärker. Sie prickelt nicht nur, sie sticht. Sie lässt mich fühlen, dass es eine Welt gibt, die ich nicht kenne. Dass es eine Steigerung von Aufregung gibt. Denn genau das bin ich. Mehr als aufgeregt.

»Küss sie«, sagt Ben und sieht mich weiter an.

Loreens Hand liegt an meiner Wange, ihr Kopf bewegt sich in meine Richtung. Dieses Mal bin ich vorgewarnt. Ich erwarte einen kleinen Kuss. So wie eben. Ein warmes Gefühl, ein leichtes Prickeln. Mehr nicht.

Ich bekomme viel mehr. Sanfte Lippen drücken sich auf meine. Sie bleiben liegen, geben mir Zeit, sich an sie zu gewöhnen. Und dann öffnen sie sich. Ich spüre Loreens Zunge an meinem Mund und ich lasse sie herein. Loreens Kuss schmeckt nach Glühwein, ihre Zunge ist glatt und die Hand an meiner Wange kalt. Er ist anders. Vollkommen anders als jeder Kuss zuvor. Und er lässt mich mit einem Gefühl zurück, dass mich überfordert.

»Und jetzt küss mich«, fordert Ben.

Ich erstarre kurzzeitig. Dann realisiere ich, dass er Loreen meint. Sie dreht sich von mir weg und in seinen Arm. Sie küsst ihn. Und er küsst sie. Dabei hält er sie mit beiden Armen fest umschlungen, presst ihren schlanken Körper gegen sich. Es sieht heißt aus, leidenschaftlich und so verführerisch, dass ich nicht wegsehen kann. Meine Augen werden vielmehr von ihnen angezogen. Und nicht nur meine Augen.

Ben löst sich von Loreen. Seine Augen gleiten zu mir. Er grinst und ich schlucke. Ben beugt sich vor und flüstert Loreen etwas ins Ohr. Ich verstehe jedes Wort. »Ich will euch beide.«

Loreen dreht sich zu mir, lächelt mich kurz an und antwortet ihm. Ihre Antwort verstehe ich nicht. Vermutlich, weil mein Herz so laut zu schlagen beginnt, dass ich nichts anderes mehr wahrnehme. Nichts außer dem Gefühl von Überforderung. Sie streckt ihre Hand aus. »Komm mit uns.«

Mein Magen überschlägt sich, mein Herz rebelliert und mein Mund sagt: »Nein.«

Loreen zuckt kurz, dann lächelt sie. »Keine Angst, Cathy. Ich wollte nur etwas zu trinken holen und mich wieder in die Ecke setzen. Du kommst doch mit uns, oder?«

Vollkommen perplex starre ich von Loreen zu Ben. Habe ich das gerade alles falsch verstanden? Ich weiß es nicht. Ich weiß gar nichts mehr.

In meinem Kopf tanzen so viele Fragen umher, dass ich in der unendlichen Menge keine einzige erkennen kann. Und die Antworten schon gar nicht. Wenn das passiert, kann es sein, dass Fragen und Antworten zueinanderfinden, die nicht zusammengehören. So wie jetzt. Meine Lippen legen sich in ein Lächeln. Ich nicke. Dann folge ich den beiden zu dem kleinen Tisch in der Ecke.

Mit jedem Schritt klären sich meine Gedanken ein Stück weit. Die Aufgeregtheit verfliegt, das Prickeln, die Gänsehaut. Zurück bleibt eine eigenartige Leere. Und das Gefühl, etwas Falsches gemacht zu haben. Scheiße … Noah!

»Hast du ein Gespenst gesehen?«, fragt Ben, als wir am Tisch sitzen.

»Nein«, stottere ich. »Nein. Ich habe nur gerade an Noah gedacht.«

»Und?«

»Und ich habe Loreen geküsst.«

»Und?«

Er sieht mich an und versteht nichts. Und genau das trägt noch mehr dazu bei, dass ich alles verstehe. Auf einmal fühle ich mich unwohl. In der Bar, an diesem Tisch, mit Ben und Loreen.

»Süße, was ist denn dabei? Du kannst doch küssen, wen du willst«, sagt Loreen.

»Aber nicht, wenn ich mit Noah zusammen bin.«

»Bist du das denn?«, fragt sie.

»Ja«, flüstere ich.

»Was hast du gesagt?«

Ich hebe den Kopf, blicke in ihre Augen. »Ja. Ja, ich denke schon, dass ich mit Noah zusammen bin.«

»Du denkst?«

»Ich weiß es nicht. Wobei ich es schon weiß … aber … doch. Ja, wir sind ein Paar.«

Ben lacht. Er schüttelt den Kopf und sieht aus dem Fenster. Ich weiß nicht, warum, aber das macht mich wütend. »Was ist?«, frage ich ihn und bekomme keine Antwort. Ich warte. So lange, bis er seinen Kopf zu mir dreht, mich ansieht und mir antwortet.

»Kennst du Noahs Eltern?«

»Was?«

»Kennst du Noahs Eltern, seine Freunde? Hat er dich den Menschen vorgestellt, die er liebt?«

»Noch nicht«, antworte ich, aber Ben redet bereits weiter.

Er redet über meine Worte hinweg und auch über meine Gedanken, über das Gefühl in meinem Herzen. Er legt seine Worte einfach darüber. Sie haben diese Macht. Weil es Fragen sind, die etwas bedeuten und meine Antworten ebenso. Auch wenn ich sie nicht ausspreche.

»Wie gut kennst du ihn denn? Und wie gut kennt er dich?«

»Süße, hast du ihm von deiner Mutter erzählt, von deinem Vater? Weiß er, warum du hier bist?«, fragt Loreen mit sanfter Stimme.

»Was weiß er überhaupt von dir? Dass du die Nichte von Amy bist? Herzlichen Glückwunsch, das weiß jeder.«

»Süße, man ist nicht automatisch zusammen, nur weil man miteinander im Bett war. Das ist dir doch klar, oder?«

Mir ist gar nichts mehr klar. Ich bin wie vor den Kopf gestoßen. Ich bin leer. Ich bin erstarrt.

»Weißt du eigentlich, wo Noah gerade ist und mit wem?«, fragt Ben.

Ich blicke auf, direkt in seine Augen. Ich zucke mit den Schultern. »Er ist auf einem Ärztekongress. Er kommt Mittwoch wieder.«

»Das ist alles?«

»Ja«, hauche ich und senke den Blick.

»Cathy.« Ben legt seine Hand auf meinen Unterarm, lässt seinen Daumen über meine nackte Haut fahren. »Er ist mit Lisa dort.«

Eine einzelne Träne fällt aus meinem Auge. Ich fühle nichts. Ich hatte damit gerechnet, dass es wehtut, dass mein Herz schmerzt, dass ich mich betrogen fühle. So ist es aber nicht. Mein Herz hämmert wie wild in meiner Brust und ich spüre gar nichts.

Loreen streichelt mir über die Schulter, über die Wange und zwingt meinen Kopf in ihre Richtung. »Cathy Schatz«, flüstert sie und grinst mich dann an. Ihre Augen funkeln, ihre Lippen glänzen. »Weißt du was? Wir trinken jetzt einen Schnaps und haben Spaß. Du vergisst Noah einfach, okay?«

Mein Kopf nickt. Kurz darauf steht ein Schnapsglas vor mir. Ich leere es in einem Zug. Ein weiteres folgt. Loreen küsst mich mit geschlossenem Mund. Ich lasse es zu. Ich spüre nichts. Ich tanze. Mit Loreen, mit Ben, mit mir selbst. Irgendwann lache ich auch wieder.

Und dann wechselt das Lied. Mit den ersten leisen Tönen kribbelt das Gefühl zurück in meinen Körper. Dann wird das Lied schneller, lauter und mein Lächeln breiter. *All I want for christmas is you.*

Noah. Ich spüre mein Herz ganz kräftig schlagen und dabei denke ich an Noah.

Da Ben und Loreen gerade miteinander beschäftigt sind, stehle ich mich unbemerkt auf die Toilette. Ich weiß nicht, ob meine Entscheidung richtig ist, aber ich treffe sie. Meine Hände ziehen das Handy aus meiner Tasche. Die Toilettentür schließt sich hinter mir. Die Luft um mich herum ist kalt und klar, der Boden dreckig.

Und mein Herz bleibt stehen, als ich die vielen Anrufe in Abwesenheit sehe, die Nachrichten …

Kapitel 20

NOAH

Ich hasse Ben Hartmann. Ich hasse Ben Hartmann. Ich … fuck! Ich habe Cathy allein gelassen. Mit unausgesprochenen Gefühlen. Ich bin einfach weggefahren. Und ich habe ihr verschwiegen, dass ich hier auf Lisa treffen werde.

Wenn ich vorher gewusst hätte, dass Loreen wieder in der Stadt ist, dass sie mit Cathy befreundet ist. Wenn ich gewusst hätte, dass Cathy mit ihr ausgehen würde …

Mein Magen zieht sich zusammen, meine Hände schwitzen und mein Kopf verflucht mich dafür, so unsagbar dumm gewesen zu sein. Ich hätte gar nichts wissen brauchen. Ich hätte einfach nur ehrlich sein müssen. Von Anfang an. Was Lisa angeht, was Ben angeht und was meine verdammten Gefühle angeht. Aber das konnte ich nicht. Und jetzt?

Ein kaltes Lachen verlässt meinen Mund. Jetzt bekomme ich die gerechte Strafe.

Zum hundertsten Mal sehe ich mir das Bild an, das Ben mir eben per WhatsApp geschickt hat. Es zeigt ihn. Grinsend. Und hinter ihm sitzen Loreen und Cathy und küssen sich. Er hat keinen Text dazugeschrieben. Das braucht er auch nicht. Das Bild spricht seine eigene Sprache. Die Schnapsgläser auf dem Tisch, Cathys roten Wangen und sein Grinsen. Sein Grinsen sagt alles. Ich hasse Ben Hartmann. Aber das sagte ich schon.

Ich verlasse den Chat und tippe mit dem Zeigefinger auf Cathys Nummer. Das ist mein sechster Anruf. Ich rechne gar nicht damit, dass sie drangeht, will ihr einfach nur zeigen, dass es mir wichtig ist. Dass sie mir wichtig ist. Ich will wenigstens das Gefühl haben, etwas zu unternehmen.

Und dann höre ich ihre Stimme.

»Noah?«

Ich setze mich kerzengerade hin, meine Augen weiten sich und mein Herz stolpert. Aber das Gefühl kenne ich schon. Ich heiße es willkommen und mich zwinge ich zur Ruhe.

»Cathy. Hi.«

»Hi.«

»Wo bist du?«

»Ich bin -«, flüstert sie und bricht dann ab. Ich kann sie kaum verstehen, presse mein Ohr gegen das Handy und atme, so leise es mir möglich ist. Jedes Wort ist kostbar, jeder Laut, der ihre Lippen verlässt. Ich will nichts verpassen.

»Ich bin im *Purple*. Mit einer Freundin. Mit Loreen.«

Wieder hört sie auf zu reden. Der Satz ist vollständig. Aber ich weiß, dass etwas fehlt. Eine Information. Und ich hoffe, dass sie mir diese gibt. *Bitte Cathy,* flehe ich in Gedanken, *bitte sag, dass du mit Ben unterwegs bist. Vertrau mir.*

»Ben ist auch hier.«

Ja! Jaaaaaaa, verdammt. Das ist gut. Also nicht, dass sie mit Ben feiern geht. Aber, dass sie es mir sagt. Dass sie es nicht verheimlicht.

»Und geht es dir gut?«, frage ich und ohrfeige mich zeitgleich. Das klingt scheinheilig, aufgesetzt und so gar nicht nach mir. Ich würde sofort sagen, dass ich es hasse, sie in seiner Nähe zu wissen. Aber ich will nichts falsch machen. Ich will sie nicht weiter in seine Arme treiben. Nicht, weil ich eifersüchtig wäre, nicht weil ich ihr irgendetwas verbieten wollte. Fuck! Das ist scheiße schwer!

»Mir geht es gut. Und dir? Was habt ihr heute gemacht, wen hast du alles getroffen?«

»Mir geht es gut … Du fehlst mir.«

»Mehr willst du nicht sagen?«, fragt Cathy und legt mir damit die gerade erst verlorene Last zurück auf meine Schultern.

Sie weiß, dass Lisa hier ist. Ich hasse Ben Hartmann! Ich kann es nicht oft genug sagen. Ich hasse ihn. Aus tiefstem Herzen …

»Lisa ist auch hier. Ich habe sie eben gesehen.«

»Okay.«

»Sie hat mit mir geflirtet und ich … Es hat mich vollkommen kalt gelassen.«

»Okay.«

»Da ist nichts mehr zwischen Lisa und mir, Cathy. Versprochen.«

Cathy atmet aus. Ich höre die Luft aus ihrem Mund strömen und ich weiß, dass der Kummer ihn nicht verlässt. Der sitzt tiefer. Und je weniger sie sagt, desto mehr begreife ich, dass ich dabei bin, sie zu verlieren. Es fühlt sich scheiße an. Es schmerzt. Und ich weiß nicht, was ich dagegen unternehmen soll.

»Noah, ich muss wieder zurück.«

»Nein«, flehe ich.

»Doch, Noah. Ich habe Loreen geküsst. Und weißt du was, ich habe dabei etwas gespürt. Ich weiß nicht, was es ist, und ich weiß auch gar nicht, warum ich das gemacht habe. Aber es ist so. Und jetzt weiß ich gar nichts mehr. Nur, dass da jemand auf mich wartet. Hinter der Tür. Und das bist nicht du.«

Der Stich sitzt. Er trifft mich mitten ins Herz. Ich schlucke. Und ich greife nach der erstbesten Möglichkeit, die Situation zu drehen. »Cathy, das bist du doch gar nicht.«

»Was?«

»Eine Frau, die mit Ben und Loreen mitgeht. Eine, die Lust auf unverbindlichen Sex hat. Zu dritt.«

Es ist still in der Leitung. So still, dass meine Gedanken Zeit haben, laut zu werden. War ich zu forsch? Oder … oder kann es sein, dass Cathy gar nicht weiß, mit wem sie gerade Feiern ist, wen sie geküsst hat, was Ben wirklich für ein Mann ist. Kann es sein, dass sie immer noch nicht sieht, was so unglaublich offensichtlich ist? Und jetzt habe ich ihr die Augen geöffnet. Die Frage ist also, ob sie schreiend davonrennt oder der Versuchung nachgibt.

»Weißt du …«, setzt sie an und bricht dann wieder ab. »Vielleicht bin ich genau so eine Frau.«

»Bist du nicht«, hauche ich und lege mein ganzes Herz in meine Stimme.

»Das weißt du nicht. Du kennst mich doch gar nicht.«

»Ich kenne dich, Cathy.«

»Nein«, schluchzt sie.

»Doch.«

»Ach ja? Wer bin ich, Noah? Was weißt du über mich? Warum glaubst du, mich zu kennen?«

»Ich weiß, dass du deinen Kaffee schwarz trinkst, aber noch viel lieber magst du heißen Kakao mit Sahne. Wenn du dich unbeobachtet fühlst, isst du dabei Kekse und du leckst dir die Krümel von den Fingerspitzen. Nachts drehst du dich auf die Seite und legst ein Bein unter meine Decke. Zuerst dachte ich, du machst das, weil dir kalt ist. Aber inzwischen weiß ich, dass du meine

Nähe suchst. Du schläfst ruhiger, wenn ich ganz dicht an dir liege. Dann hast du auch keine schlechten Träume. Aber wenn du sie hast, dann handeln sie von deinem Vater. Du redest im Schlaf. Viel. Und ich weiß, dass du mir irgendwann auch davon erzählen wirst, wenn du nicht schläfst. Von den Dingen, die dich traurig machen … Du liebst deine Tante. Ich weiß, dass sie viel mehr als eine Tante für dich ist, mehr als Verwandtschaft. Du siehst sie mit diesem Blick an, den du mir auch geschenkt hast. Vor zwei Tagen. Als ich dich im Schnee geküsst habe … Ich kenne dich, Cathy.«

Mein Herz nimmt immer wieder Anlauf und springt gegen meine Brust. Es schmerzt bei jedem Schlag. Und Cathy allein entscheidet, ob es sich befreit oder bricht.

»Vielleicht kennst du mich. Aber das Problem ist, dass ich mich im Moment selbst nicht kenne«, sagt sie und legt auf.

Stille. Mein Herz schlägt weiter und weiter und weiter und dann …

Kapitel 21

CATHY

Ich bin betrunken. Der Boden unter meinen Füßen ist aus bunten Wellen geformt. Wie diese eine Bahn bei Mario Kart. Regenbogen Boulevard, so heißt die Strecke. Und ich bin ständig runtergefallen. In schwarze Leere. Und dann kommt dieses Wolkenmännchen mit der Angel und zieht einen wieder hoch. Hach, das war immer toll. Man ist zwar nicht mehr Erster, aber man kann weiterfahren. Das Spiel ist nicht zu Ende. Ganz egal, wie oft man ins Nichts fällt, das Wolkenmännchen zieht einen hoch …

Meine bunte Wellenbahn führt direkt zu Ben nach Hause. Witzig, oder? Und irgendwie habe ich das Gefühl, dass Loreen mein Wolkenmännchen ist. Sie hat mich an der Angel. Sie hat mich hier hergebracht.

Ben wohnt in einer dieser unglaublich modernen Wohnungen, die aussehen wie der Traum eines jeden Singlemannes. Glänzender Boden, offene Küche, Ledercouch, Spielekonsolen, ein riesiger Fernseher und es ist blitzsauber hier. Mit dem Zeigefinger fahre ich über die Kommode zu meiner rechten. Nichts. Kein Staubkorn zu entdecken. Ich wette, mein Finger ist jetzt sauberer, da ich ihn über die Kommode gezogen habe. Vielleicht sollte ich meine Hände an Bens Möbeln säubern? Gute Idee! Und meinen Kopf kann ich an den Tapeten reinwaschen. Denn in meinem Kopf geht es dreckig zu. Sehr, sehr dreckig.

»Was tust du denn?«, fragt Loreen und zieht mich von der Wand weg. »Mach dich locker.«

Ich versuche es. Ich schüttle meine Arme aus und dann meine Beine. Locker machen ist gar nicht so einfach, wenn die Balance mit Glühwein abgefüllt wurde. In meinem Kopf formt sich das Bild von einem betrunkenen Seiltänzer, der trotz Protest auf die Bühne geschubst wird. Witzig. Was das wohl für eine Show werden würde? Ich kichere hinter vorgehaltener Hand. Loreen guckt böse und Ben hält mir lächelnd ein Sektglas vor die Nase. Sekt ist immer eine gute Idee.

»Hier«, sagt er.

»Danke«, freue ich mich.

Meine Lippen legen sich an das kalte Glas, öffnen sich. Ich lasse einen kleinen Schluck in meinen Mund laufen, spüre das Prickeln auf meiner Zunge, in meinem Kopf, meinem Bauch. Es prickelt einfach überall.

Dann legen sich feste Lippen an den Platz, den eben das Sektglas eingenommen hat. Das kam plötzlich, aber die anderen bewegen sich auch viel schneller als ich. Ich muss mich beeilen, um mitzuhalten.

Der Kuss ist anders. Er stürzt sich auf mich. Meine abgefüllte Balance beschwert sich kurz, aber dann werde ich festgehalten. Ich bin sicher. Ich fühle mich gut und ich bin mutig. Ich küsse Loreen zurück, lege meine Hände in ihren Nacken. Das neue Gefühl ist wieder da. Es vernebelt meinen ohnehin nebulösen Verstand. Und damit geschieht etwas wirklich Eigenartiges:

Ich stehe neben mir. Ich verlasse meinen Körper, schwebe ein Stück zur Seite und sehe mir an, was mit mir passiert. Mein körperliches Ich küsst Loreen. Hinter mir steht Ben. Seine Brust liegt an meinem Rücken und seine Hände auf Loreens Hintern. Er küsst meinen Hals. Er streichelt Loreen. Er zieht sie aus. Dann zieht er sich aus. Komplett. Und ich stehe in der Mitte. Ich habe meine Augen die ganze Zeit geschlossen. Ich lasse mich führen und ich lasse mich fallen. Ich lasse alles um mich herum geschehen. Bis zu dem Zeitpunkt, an dem Ben mir ins Ohr flüstert: »Küss mich.«

Mein Körper zuckt, macht nichts.

»Cathy, küss mich.«

Mein Körper versteift sich.

Bens Hand liegt an meinem Kinn, führt meinen Kopf zur Seite. Er streift mit den Lippen über meinen Hals, mein Kinn, an meiner Unterlippe entlang. Sein Atem bläst mir warm ins Gesicht.

»Küss mich.«

Ich schlage meine Augen auf, finde blitzschnell zurück in meinen Körper. Ich sehe, wie Ben lächelt, wie er sich auf mich zubewegt und weiche zurück.

Ich falle. Runter vom Regenbogen Boulevard ins Nichts. Ich bin nicht mehr Erster, ich fahre nicht vorne mit. Ich starte ganz neu. Allein. Und ich begreife, dass diese Strecke nichts für mich ist. Nicht in der Zusammensetzung, nicht in der Geschwindigkeit, nicht unter diesen Umständen. Mir wird schwindelig. Alles um mich herum liegt im Nebel. Aber eins weiß ich ganz genau:

Ich will Ben nicht küssen. Auf keinen Fall.

»Komm her, Ben. Küss mich, küss mich«, haucht Loreen und lockt Ben von mir weg.

Ich sehe zu, wie Ben auf sie zugeht, wie er seine Hand in ihren Haaren vergräbt, sie zusammennimmt und daran ihren Kopf nach hinten zwingt. Loreen stöhnt. Ben küsst sie wilder. Er drängt sie aufs Bett.

Ich weiß nicht, wann sie sich ausgezogen haben, aber sie sind nackt. Beide. Ich blicke an mir runter und stelle fest, dass ich komplett angezogen bin. Nur das Shirt steckt nicht mehr in meiner Jeans, sondern guckt heraus.

Als ich das nächste Mal meinen Kopf hebe, liegt Ben über Loreen zwischen ihren Beinen. Ich sehe genau hin, aber das Prickeln ist weg. Dafür kriecht ein anderes Gefühl in mir hoch. Übelkeit.

Ich will hier weg! Kaum ist der eine Gedanke in meinem Kopf, explodieren Tausende. Ich muss weg. Ich muss nach Hause. Ich bin das hier doch gar nicht. Was will ich eigentlich hier? Wer bin ich?

Wer zum Teufel bin ich? …

Kapitel 22

NOAH

Ich schrecke hoch. Aus einem wirren Traum. Schweißgebadet. Warum? Ich weiß es selbst noch nicht. Bis mein Handy erneut klingelt. Cathy. Ihr Name ist in meinem Kopf, bevor meine Augen ihn auf dem Display erkennen. Sofort bin ich hellwach.

»Ja?«, frage ich, nachdem ich den Anruf entgegengenommen habe.

»Noah? Bist du noch wach?«

Ihre Stimme ist leise und schwach. So unglaublich schwach, dass es mir die Kehle zuschnürt.

»Natürlich bin ich das«, lüge ich. »Was ist passiert?«

»Es ist so dunkel und nass. Es regnet, weißt du?«

»Das weiß ich.«

»Und ich bin ganz allein.«

»Wo sind denn die anderen?«

»Bei Ben.«

Mein Herzschlag verdoppelt sich.

»Und du bist nicht bei Ben?«

»Nein.«

»Wo bist du dann?«

»Ich bin auf dem Weg nach Hause. Noah?«

»Ja?«, frage ich und spüre zeitgleich, wie mein ohnehin rasendes Herz weiter und weiter beschleunigt.

»Ich war eben auch bei Ben. Nur jetzt nicht mehr. Ich bin gegangen. Aber …«, flüstert sie. »Aber ich war da.«

»Okay.«

»Das ist es nicht.«

Ich schüttle meinen Kopf. »Nein. Nein, das ist es nicht«, sage ich.

In Gedanken spiele ich die gleichen Wörter aus umgekehrten Mündern ab. Genau die Gleichen. Vor zwei Tagen, als Cathy mir vorgehalten hat, dass es nicht okay war, nichts zu sagen …

Jetzt hat sie einen Fehler gemacht und es ist an mir, zu entscheiden. So fühlt es sich an, als ob ich über unseren Weg bestimmen kann. Genau jetzt. Und ich weiß nicht, was ich machen soll. Ich möchte mich für sie entscheiden. Ich will eine Chance für uns beide. Aber vorher muss ich wissen, was passiert ist. Und ich hoffe … Gott, ich hoffe wirklich, dass ich uns diese Chance geben kann.

»Hattet ihr Sex?«, frage ich die alles entscheidende Frage.

»Nein!«

»Aber du bist mitgegangen?«

»Ja.«

»Was ist passiert?«

»Ich konnte nicht. Ich wollte nicht, dass Ben mich berührt. Nicht, dass er mich küsst. Ich wollte einfach nicht.«

Cathy schluchzt. Meine Ohren nehmen wahr, wie schlecht es ihr geht, dass sie leidet. Ich fühle ihren Schmerz. Und ich fühle meine Angst … schwinden. Sie konnte nicht. Sie wollte nicht. Das ist alles, was ich hören musste.

»Wo bist du jetzt genau?«

»Auf der Straße. Auf dem Weg nach Hause.«

»Zu Fuß?«

»Ja.«

Empört blicke ich auf mein Handy. Es ist 3:47 Uhr. Mitten in der Nacht. »Und du bist ganz allein unterwegs?«

Sie stöhnt genervt. »Das habe ich dir doch schon gesagt. Ich bin allein, es ist nass und dunkel ist es auch.«

»Gott Cathy! Warum nimmst du dir kein Taxi?«

»Hab kein Geld mehr.«

»Das ist doch egal, du kannst bezahlen, wenn du zu Hause bist.«

»Ich will nicht.«

»Dann ruf Amy an.«

»Nein.«

Ich werde wütend. »Cathy! Du kannst nicht mitten in der Nacht mutterseelenallein durch die Stadt laufen.«

»Das kann ich sehr wohl.«

»Das solltest du aber nicht.«

Sie lacht. »Du bist nicht mein Vater, Noah.« Dann weint sie. Abgehackte Schluchzer dringen durch das Handy an mein Ohr und legen sich um mein Herz.

»Cathy«, raune ich.

»Lass gut sein, Noah. Ich bin gleich zu Hause«, schnieft sie. »Gute Nacht.«

»Nein!«

»Was denn noch?«

»Ich …«, beginne ich und weiß dann nicht weiter. Ich weiß nur, dass sie nicht auflegen soll. Ich will sie nicht allein lassen, will bei ihr bleiben, bis sie sicher zu Hause angekommen ist. Ich will so viel mehr. Aber ich kann nicht …

»Du?«

»Kannst du einfach weiter mit mir telefonieren?«

Sie lacht. »Ich bin schon ein großes Mädchen, weißt du? Ich kann sehr gut allein durch die Nacht laufen.«

»Bitte Cathy. Ich kann sonst nicht schlafen.«

Wieder lacht sie und dieses Mal lache ich mit ihr. »Okay.«

»Okay«, flüstere ich.

Danach schweigen wir. Ich höre ihre Schritte auf dem Gehweg, höre den Regen ein monotones

Rauschen in den Hintergrund legen und ich höre ihren Atem. Er geht gleichmäßig. Ein und aus, ein und aus. Ohne es zu merken, spiegle ich ihre Atmung. Ich schließe meine Augen und stelle mir vor, ich wäre bei ihr.

Wir laufen durch den Regen, mein Arm liegt um ihre Hüfte, ihre Schulter schmiegt sich an meine Seite. Unsere Füße laufen im selben Schritt, unsere Herzen schlagen im gleichen Takt. Ich bin glücklich. Ich bin ruhig. Und ich atme. Ein und aus, ein und aus.

»Noah?«

»Ja?«

»Du kannst jetzt auflegen. Ich bin zu Hause.«

Ich grinse. Sie ist tatsächlich mit mir bis nach Hause gelaufen. Ich weiß nicht genau zu benennen, warum, aber ich habe das Gefühl, dass alles gut wird. Jetzt, wo sie wieder zu Hause ist. Es sind nur noch drei Tage, bis auch ich wieder zu Hause bin, bis wir uns wiedersehen. Nur noch drei Tage. Und der Nächste beginnt sehr viel früher, als mir lieb ist …

»Gute Nacht, Noah«, flüstert Cathy.

»Gute Nacht Cathy, schlaf gut.«

Ich höre sie schnauben. Es ist ein belustigter Laut. »Du auch«, sagt sie und legt auf.

Ich lege mein Handy auf den Nachtschrank, drehe mich um und schließe die Augen. Noch drei Tage …

Kapitel 23

CATHY

Ich halte Diego mit beiden Händen fest gegen mein Herz gepresst. Die weiche Winterdecke liegt über mir, meine Beine sind angezogen, ich igle mich komplett ein. Trotzdem ist mir kalt. Trotzdem finde ich nicht zur Ruhe, fühle mich nicht wohl, nicht geborgen, nicht richtig. Ich kann einfach nicht schlafen.

Irgendwann gebe ich den Versuch auf und schleiche aus dem Bett über den Flur zu der Tür hinter dem Wohnzimmer. Ich klopfe leise, dann öffne ich die Tür und laufe in das dunkle Zimmer. Vor Amys Bett bleibe ich stehen.

»Amy?«, flüstere ich.

Sie schreckt hoch, setzt sich auf und knipst die Nachttischlampe an. »Schätzchen, was ist passiert?«

Ihr Blick, die Sorge in ihrer Stimme und mein eigenes Herz bringen meine Augen dazu, mehr mitzuteilen, als mir lieb ist.

Ich stottere vor mich hin. »Ich bin … Da war … Ich kann nicht … Noah…«

»Was?«, fragt Amy und legt ihre Hand auf meine.

»Kann ich bei dir schlafen?«

»Natürlich kannst du das. Hier«, sagt sie und öffnet ihre Bettdecke für mich. Ich schlüpfe unter die warme Decke, schmiege meinen Kopf in die weichen Kissen und flüstere: »Danke.«

Bevor ich einschlafe, geht mir ein einzelner Gedanke durch den Kopf, der sich unweigerlich dort festsetzt:

Wie kann es sein, dass ich mich so unglaublich verloren fühle, obwohl ich doch genau weiß, wo ich hingehöre?

***

Die nächsten Tage verfliegen geradezu. Amy und ich sind ein Spitzenteam. Sie ist mein Anker, meine gute Laune, das Lachen am Morgen und die Gespräche am Abend. Amy ist wundervoll. Was man von anderen Menschen nicht behaupten kann.

Loreen zum Beispiel. Sie meldet sich nicht bei mir und zur Arbeit kommt sie auch nicht. Unentschuldigt. Amy ist enttäuscht von ihr, zumal sie ihr mit dem Job einen Gefallen getan hat. Ich wusste nicht, dass Loreen finanzielle Schwierigkeiten hat, aber das ist nicht das Einzige, was ich über sie nicht wusste …

»Hier bin ich, wie kann ich helfen?«, trällert ihre Stimme aus dem Café, nachdem die Türglocke gebimmelt und einen neuen Besucher angekündigt hat.

Amy und ich wechseln einen zweifelnden Blick. Ich bleibe in der Backstube, während Amy nach vorne ins Café geht. Ich höre zu.

»Nun Loreen«, antwortet Amy ihr, »wir haben gleich Feierabend. Für heute kannst du uns nicht weiterhelfen. Sei doch bitte morgen früh um sechs Uhr hier.«

»Backt ihr keine Plätzchen mehr oder so etwas?«

»Doch, aber-«

»Perfekt, dann helfe ich dabei«, unterbricht Loreen sie.

»Nein. Heute nicht. Du kannst gerne morgen früh arbeiten, aber heute nicht mehr.«

Amys Stimme klingt ruhig und autoritär. So kenne ich sie gar nicht. Aber Loreens Stimme und ihr Verhalten kenne ich noch viel weniger.

»Und von welchem Geld soll ich dann mein Abendbrot bezahlen?«, keift sie.

»Du warst an den letzten Tagen zur Nachmittagsschicht eingetragen und bist nicht gekommen. Von deinem Gehalt hättest du dir viel mehr als ein Abendbrot leisten können.«

»Ich bin jetzt da.«

»Jetzt ist aber keine Arbeit mehr für dich da.«

Loreen schnaubt. Eine Zeit lang höre ich gar nichts. Bis die Türglocke erneut bimmelt und Amy zurück in die Backstube kommt.

»War ich zu hart?«, fragt sie mich mit besorgtem Blick.

Ich überlege nicht eine Sekunde. »Nein.«

»Ich glaube, Loreen hat getrunken«, sinniert Amy und sieht aus dem Fenster. Dann dreht sie sich zu mir um. »Cathy, ich wollte nicht fragen. Aber jetzt will ich es doch wissen … Was ist passiert? In der Nacht vor zwei Tagen?«

»Ich bin mit Ben und Loreen nach Hause gegangen. Ich dachte … ich dachte, ich will das. Aber ich konnte nicht.«

»Hat sie dich zu irgendetwas gedrängt?«

»Nein. Nein, so war es nicht.«

Amy nickt. »Hast du es Noah gesagt?«

»Ja.«

»Und weißt du inzwischen, was du willst?«

Ich überlege. Weiß ich, was ich will? So wirklich richtig allumfassend? Egal, was ich antworten könnte … Es hört sich in meinem Kopf gleichermaßen richtig wie falsch an.

»Das ist eine gute Frage«, weiche ich aus und lächle Amy an.

Sie kommt zu mir, legt ihre Hand an meine Wange und ihre Worte in mein Herz. »Manchmal reicht es vollkommen aus, zu wissen, was man nicht will.«

»Das weiß ich. Ich will Ben nicht.«

»Trotz seiner attraktiven Arschbehaarung?«, fragt Amy amüsiert und entlockt mir damit ein Kichern. »Weißt du, was genauso wichtig ist?«

»Nein.«

»Zu wissen, dass man Fehler machen darf.«

Ich nicke. Dann lächle ich wieder. Und dieses Mal ist es ein Lächeln, dass meine Tränen verdecken soll. Dieses Mal lächle ich, weil es eben manchmal einfacher ist, so zu tun, als ob alles gut ist. Auch wenn es das nicht ist …

»Ach Schätzchen«, haucht Amy und schließt mich in ihre Arme.

Mein Kopf findet von ganz allein an ihre Schulter und meine Tränen in ihr Haar. Ich weine. So lange, bis mein Kopf neue Gründe findet, die auch beweint werden wollen und dann vergieße ich deretwegen Tränen. Es dauert eine ganze Weile, bis ich wieder tief durchatmen kann. Dann aber fühle ich mich besser, freier und irgendwie auch leichter. Amy hat recht. Es ist vollkommen okay, Fehler zu machen. Und dieser Einsicht folgt eine Entscheidung.

»Alles wieder gut?«, fragt Amy und ich nicke.

»Ja. Mir ist gerade etwas klar geworden.«

Sie lehnt sich ein Stück von mir weg, hält meine Schultern mit beiden Armen fest und sieht mir in die Augen. »Und zwar?«

»Ich habe einen Fehler gemacht.«

»Und?«

»Und ich habe mich nicht dafür entschuldigt. Ich habe nicht gesagt, was ich will, was ich fühle, wovon ich träume, wer ich bin … Ich habe gar nichts gesagt.«

»Du weißt es also wieder?«, strahlt sie mich an.

»Nicht direkt. Aber es fühlt sich gut an, weißt du? Es fühlt sich gut an, wenn ich nur an ihn denke. An Noah. Und das ist doch auch irgendwie wichtig, oder?«

»Sehr wichtig sogar!«

»Also sollte ich ihm das sagen.«

»Das solltest du.«

Ich grinse. »Jetzt?«

»O nein, Schätzchen. Jetzt wird gebacken. Jetzt drehen wir die Musik laut, heizen die Öfen vor und kneten den Teig. Jetzt ist Vanillekipferlzeit. Du kannst ihn danach anrufen.«

»Meinst du nicht …«, beginne ich und werde von Amys erhobenem Zeigefinger unterbrochen.

»Ich meine, dass du fürchterlich sprunghaft bist und es dir guttäte, ein bisschen Zeit mit deiner Tante zu verbringen. Jetzt. Und außerdem meine ich, dass Plätzchen das beste Heilmittel bei gebrochenen Herzen sind und Plätzchenteig vielleicht sogar noch mehr.«

»Hast du gerade Plätzchenteig gesagt?«

»O ja! Und jetzt los. Dreh die Musik auf, wasch deine Hände und hol Omas Backbuch aus dem Regal. Es ist Vanillekipferlzeit.«

Ich hatte es vergessen. Unser Familienritual. Meine liebste Weihnachtserinnerung und die leckerste zugleich. Vanillekipferl backen in Tante Amys Backstube. Die letzten Jahre war sie zu Weihnachten bei uns zu Hause gewesen. Aber gebacken haben wir trotzdem. Jedes Jahr. Und in diesem Jahr sind wir nur noch zu zweit …

Es ist schwer, den Gedanken zuzulassen, aber ihn zurückzuhalten ist noch schwerer. Ich vermisse meinen Dad. Ich bin traurig, dass er nicht bei mir sein kann, dass er nicht mit uns backt, mich nicht in den Arm nimmt und nicht mit mir lacht.

»Dad hätte uns wieder über die Vorzüge selbst gemahlener Mandeln unterrichtet«, kichere ich und öffne eine Tüte bereits gemahlener Mandeln.

»O ja. Und irgendwann hätten wir ihm auch sicherlich zugestimmt.«

»Nur, damit er aufhört zu reden.«

»Ganz genau«, lacht Amy. Dann setzt sie einen empörten Blick auf und imitiert die Stimme meines Vaters: »Jetzt ist es zu spät. Das ihr auch nie daran denkt, ganze Mandeln zu kaufen. Aber immerhin haben wir -«

»Die echte Bourbonvanille«, stimme ich in Amys Worte ein.

Eine Träne stielt sich aus meinem Auge. Sie läuft über meine Wange, mein Kinn entlang und fällt zu Boden. Ich lächle. Amy drückt meine Hand und lächelt mit mir.

»Können wir ganze Mandeln kaufen und sie selbst mahlen?«, frage ich.

»Wir brauchen sie nicht zu kaufen. Ich habe ganze Mandeln hier.«

»Okay«, flüstere ich und drehe mich kurz um. Diese Tränen fließen im Verborgenen. Sie fließen für meinen Dad. Und der Moment gehört nur uns beiden.

Als er vorbei ist, wische ich meine Wangen trocken und drehe mich wieder zu Amy. Ich reiße eine Tüte Mandeln auf, ich mahle sie und schütte sie zu den übrigen Zutaten in die Schüssel. Der Teig schmeckt himmlisch. Genau wie der Eierlikör, den Amy uns eingegossen hat. Und genauso himmlisch ist auch der Geruch, als das erste Blech im Ofen ist.

Es sind nur noch drei Wochen bis Weihnachten und heute ist der erste Tag in diesem Jahr, an dem ich es spüre. Mein Leben ist noch immer voller Liebe.

Kapitel 24

- 9 TAGE BIS WEIHNACHTEN -

NOAH

Ich habe Plätzchen gebacken. Zum zweiten Advent und heute noch einmal. Für Cathy. Meine Küche ist in Mehl, Zucker und bunten Streuseln tapeziert, mein Backofen heizt mühelos die ganze Wohnung und mein Herz … Mein Herz ist so schwer wie lange nicht. Weil Cathy nicht reagiert. Nicht auf meine Anrufe, nicht auf meine Nachrichten und auch nicht auf das kleine Päckchen mit den selbst gebackenen Keksen, die ich ihr zum zweiten Advent geschenkt habe.

Heute ist der dritte Advent und damit ist mein nächstes Geschenk fällig. Ich fand meine Idee unheimlich originell. Und romantisch. Und ich habe mir ehrlich gesagt viel mehr davon erhofft. Tja, so ist das mit den Hoffnungen und Wünschen zu Weihnachten. Es können unmöglich alle erfüllt werden. Das Christkind hat so viel zu tun, dass nicht alles berücksichtigt werden kann. Aber es ist so, dass ich mir ansonsten gar nichts wünsche. Nichts, außer einer zweiten Chance.

Und ein einzelner kleiner Wunsch … Der kann unmöglich übersehen werden, oder?

Kapitel 25

CATHY

Mein Dad hat immer gesagt, dass man nur so viel wert ist wie das Wort, das man gibt. Verspreche nie, was du nicht halten kannst, erzähle nie, was nicht stimmt, sag einfach das, was du fühlst.

Ich habe mich stets darauf verlassen können, was mein Dad gesagt hat. Bis zu dem Tag, als er mir versprochen hat, für immer bei mir zu bleiben, auf mich aufzupassen, mich zum Altar zu führen, wenn ich einmal heiraten würde. Und ich war lange Zeit sauer auf ihn, weil er seine Versprechen gebrochen hat. Alle. Er ist nicht mehr hier. Er passt nicht auf mich auf. Er wird nicht da sein, um mich zum Altar zu führen. Er hat mich allein gelassen.

Aber das wollte er nicht. Er hat mit seinen Worten nicht gelogen. In Wahrheit wusste er nicht, was passieren würde. Hätte er es gewusst, dann hätte er mir nichts dergleichen versprochen. Dann hätte er gesagt, dass er über mich wachen wird. Dass sein Herz für immer in meinem weiterleben wird. Dass ich ihn nicht vergessen soll, weil er das niemals tun wird. Er hätte mir gesagt, dass er mich liebt und dass diese Liebe unendlich ist.

Und genau so ist es.

Ich weiß nicht, wer ich morgen sein werde. Umso wichtiger ist es, zu wissen, wer ich heute bin. Ich möchte, dass mein Wort wichtig ist, dass meine Versprechen zählen und meine Entscheidungen überlegt sind. Ich möchte nicht mehr sprunghaft sein, nicht mehr ausprobieren und nicht nach der Cathy suchen, die ich sein könnte. Ich möchte da ankommen, wo ich hingehöre.

Deswegen habe ich mir etwas vorgenommen:

Solange ich nicht weiß, was ich will, kann ich auch keine Entscheidung treffen.

Zu dieser Überlegung gehört ein Plan und zu dem Plan eine Anleitung, zur Anleitung ein Gedanke und der Gedanke kommt aus meinem Herzen.

Ich möchte glücklich sein.

So einfach ist das.

***

»Ich kann heute abschließen, mach du Feierabend«, beschließt Loreen mehr, als dass sie mich fragt.

»Nein, ich schließe den Laden ab.«

»Warum?«

Ihre Stimme ist wie immer glockenklar und lieblich. Alles an Loreen ist weiblich, alles an ihr verführt. Aber ich bin auf diesem Ohr inzwischen empfindlicher, weswegen ich den Unterschied bemerke. Der verborgene Zwang im Perfekten.

»Weil ich den Schlüssel habe und abschließe. Ganz einfach.«

Loreen schnaubt. Sie schnappt sich den Lappen und wischt die Tische ab. Ich räume derweil die Backstube auf, die Spülmaschine ein und sortiere danach die Einkäufe in die Schubladen. Loreen müsste längst mit dem Café fertig sein. Dem unguten Gefühl in meiner Magengegend folgend, werfe ich einen Blick ins Café. Sie sitzt an einem der Tische und hat ihr Handy in der Hand. Genau damit habe ich gerechnet.

»Du kannst Feierabend machen.«

»Okay. Gibst du mir mein Gehalt, oder kann ich es mir aus dem Portemonnaie nehmen?«

Ich stutze irritiert. »Amy hat dich doch längst angemeldet. Du bekommst dein Gehalt monatlich überwiesen.«

Sie lächelt. Breit, niedlich und mit schiefgelegtem Kopf. »Ich meinte natürlich mein Trinkgeld, hab mich versprochen.«

»Okay. Warte, ich gucke nach«, sage ich laut, während ich mich leise frage, ob es wirklich ein Versehen war, Unachtsamkeit, ein falsches Wort trotz richtigem Gedanken …

Ich drehe mich um und greife nach der Trinkgeldkasse hinter der Theke. Der Gummiverschluss ist schnell geöffnet und es fallen einige Münzen und Scheine auf den Tresen. Heute ist Sonntag, da ist immer ein bisschen mehr Geld in der Kasse, es war auch recht voll heute … Aber was vor mir liegt, ist eindeutig zu viel Geld. Viel zu viel.

»Und?«, fragt Loreen.

Bilde ich es mir nur ein, oder ist ihre Stimme einen Ton zu hoch? Dazu ihr *Versprecher* von vorhin und das Vorhaben, den Laden abzuschließen …

Ich will nicht unfair sein, aber hier stimmt etwas nicht und ich habe das ungute Gefühl, genau zu wissen, was es ist. Loreen wird Geld aus dem Kellner Portemonnaie oder der Ladenkasse in die Trinkgeldkasse getan haben. So ist es doch, oder? Ich weiß, dass ich recht habe. Ich fühle es nicht nur, ich weiß es. Und dazu weiß ich, dass mich die Situation überfordert.

»Loreen, da ist zu viel Geld in der Kasse.«

»Toll, nicht wahr? Ich habe heute ein paar Männer bedient, die mir ein bisschen mehr zugesteckt haben«, flötet sie mir entgegen.

Sie steht auf und kommt zu mir. Ich will sie davon abhalten. Ich will sie nicht in der Nähe des Geldes haben, nicht in meiner Nähe, überhaupt nicht. Alles in mir schreit danach, dass es sich falsch anfühlt, bei ihr zu sein. Dieses Gefühl ist so stark, dass es mir den Magen umdreht. Mir wird schlecht. So richtig. Da die Zeit aber nicht stehen bleibt und Loreen ebenso wenig, muss ich handeln.

Mit erstaunlich ruhiger Stimme erkläre ich: »Ich rufe kurz Amy runter und gleiche die Tageseinnahmen mit der Kasse ab.«

»Warum?«, giftet Loreen mich an.

»Damit ich sicher sein kann, dass die Kasse stimmt und das Trinkgeld auch wirklich Trinkgeld ist.«

Loreens Lächeln wird breiter. »Was soll es denn sonst sein? Komm schon, Cathy, wir teilen uns das Trinkgeld. Freu dich ein bisschen, dass ich so gut für uns gearbeitet habe.«

»Ich -«, beginne ich und werde von Loreens Hand auf meinem Unterarm unterbrochen.

»Süße, Ben kommt gleich und holt mich ab. Hast du nicht Lust, mit uns ein bisschen Feiern zu gehen?«

Meine Gedanken überschlagen sich gemeinsam mit den schlechten Gefühlen in meinem Bauch. Sie rollen von links nach rechts, preschen gegen meine Magenwand und brüllen mir zu, dass sich das hier nicht richtig anfühlt. Weil es nicht richtig ist.

Ein einzelnes Wort schlüpft aus meinem Mund: »Nein.«

»Okay, dann gib mir meinen Anteil. Ben ist gleich hier«, fordert sie und hält ihre Hand auf.

Ich reagiere nicht. Vielleicht weil mein Kopf noch ein wenig Zeit braucht, um ihren Satz zu verstehen. Oder aber, weil mein Herz die Wahrheit dahinter einfach nicht verstehen will.

Loreens Blick wird eindringlicher. »Gib mir mein Geld.«

»Nein«, flüstere ich. Oder schreit Loreen vielmehr und der Unterschied in unserer Lautstärke ist deswegen so signifikant? Für einen Moment kenne ich die Antwort nicht. Weil mein Kopf in seinen eigenen Gedanken gefangen ist …

»Gib mir mein Geld, oder ich nehme es mir. So einfach ist das. Ich habe dafür gearbeitet. Es ist meins.«

Loreens Stimme zischt in meinem Ohr, ihre Hand greift an mir vorbei. Ich bin kurzzeitig geschockt, gelähmt … und dann schreit alles in mir so laut *NEIN!*, dass ich intuitiv reagiere.

Meine Hände raffen das Geld zusammen und legen sich schützend darüber. Mein Gesicht dreht sich um. Meine Augen treffen auf ihre, duellieren sich, kämpfen. Und mein Verstand formt die Worte, die meine Lippen mit einem leisen Fauchen wiedergeben: »Nein. Entweder du wartest, bis ich die Abrechnung kontrolliert habe, oder du gehst ohne Trinkgeld. Deine Entscheidung.«

Loreens wunderschönes Gesicht offenbart sich immer mehr als billiges Make-up vor falschem Fleisch.

Ihre Lippen werden schmal, weiß und sie drücken sich so fest aneinander, dass ich mir sicher bin, sie arbeiten hart daran, etwas zu verschließen, das unbedingt raus will. Gleich kommt es, gleich brüllt sie mich an. Meine Ohren erwarten lautstarke Beleidigungen, Lügen, Erpressung … aber der erste Ton, den sie wahrnehmen, ist ganz leise und zart. Es ist die Türglocke.

Ben steht in der Tür. Er lächelt mich an und sieht dann zu Loreen rüber. Sein Lächeln gefriert. Er erstarrt einen Augenblick, dann zieht er seine Stirn kraus. Bevor er etwas sagen kann, legt Loreen los.

»Sie will mir mein Trinkgeld nicht geben«, giftet sie und zeigt mit dem Finger auf meine Brust.

Für mich hat sich die Situation einen Takt zu schnell gedreht, ich komme nicht mehr mit und vor allem kommt mein Mund nicht mit. Er verweigert jedes Wort. Was dazu führt, dass ich Ben anstarre. Tonlos.

»Komm«, sagt er und streckt seine Hand nach Loreen aus.

Ich reagiere immer noch nicht.

Loreen schüttelt den Kopf, verschränkt ihre Arme vor der Brust. »Hast du mir nicht zugehört? Sie rückt mein Geld nicht raus.«

»Und ich habe gesagt, du sollst kommen«, herrscht Ben sie an. Seine raue Stimme ist fest, sie ist stark und sie passt zu dem Mann, der er ist. Was er sagt … nun, da hätte mein Kopf auch vollkommen andere Sätze als zu ihm passend empfunden. Ich bin glücklich, dass er diese gewählt hat. Ich bin glücklich, dass Loreen endlich zu ihm geht und noch glücklicher bin ich, als die beiden gemeinsam das Café verlassen.

Ich bin allein. Meine Hände liegen über den Scheinen und Münzen auf der Theke, mein Herz poltert gegen meine Brust und mein Atem holt die angehaltenen Züge in Rekordzeit nach.

Ich atme zu schnell. Viel zu schnell. Und ich kann nichts dagegen unternehmen. Ein, aus, ein, aus, ein, aus und kein bisschen Sauerstoff füllt meine Lungen. Wenn ich so weitermache, wird mir schwarz vor Augen werden. Wenn ich aufhöre, bekomme ich noch weniger Luft.

Es ist ein Teufelskreis und ich muss ihn durchbrechen. Ich muss ruhiger werden. Es ist alles gut. Es ist nichts passiert. Ich bin allein.

***

Mein Dad hat immer gesagt, dass es keine Zufälle gibt. Mein Dad hat an Schicksal geglaubt und daran, dass manche Situationen, manche Dinge und vor allem Begegnungen vorherbestimmt sind.

Mein Dad hat gesagt, dass das Leben seinen eigenen Plänen folgt und als ich gefragt habe, wie die Pläne für mein Leben aussehen, hat er gelacht. Jedes Mal. Und dann hat er gesagt: »Mein Schatz, sie sind bunt und voll, laut, verrückt und frei. Die Pläne für dein Leben sind einfach spektakulär.«

Warum ich mich an diesen Moment genau jetzt erinnere, weiß ich nicht. Und dann höre ich die Türglocke erneut.

Kapitel 26

NOAH

Als ihr Blick auf mich fällt, nehme ich zuerst Angst wahr, dann Unglaube und schließlich Freude. Cathys Lächeln strahlt mich an. Und dabei zittert ihr ganzer Körper. Irgendetwas stimmt hier nicht, weswegen ich ungefragt eintrete und die Tür hinter mir schließe. Ich gehe auf sie zu und bleibe so dicht vor ihr stehen, dass ich ihre innere Unruhe geradezu spüre. Sie springt mich an. Weil Cathys Körperhaltung, ihr Blick, die bebende Unterlippe … einfach alles an ihr preisgibt, wie sie sich fühlt. Verloren.

»Was kann ich tun?«, frage ich sanft.

Sie hebt ihren Blick, sieht mir direkt in die Augen, direkt ins Herz. »Ich brauche einen Moment.«

»Okay.«

Ich warte. Ich bleibe stehen, bleibe bei ihr. Ich gebe ihr den Moment und zeige ihr dennoch, dass sie nicht allein ist. So empfinde ich mein Handeln und ich hoffe, sie versteht es genauso.

Immerhin wird sie ruhiger, ihre Atmung wird gleichmäßiger und langsam wird auch ihr Körper wieder weicher. Die Anspannung flacht ab. Die letzten Atemzüge gehe ich mit, atme mit ihr gemeinsam ein und aus. Ich bin hier. Und was immer gerade passiert ist, ich will es wissen.

Je länger ich dastehe und Cathy beobachte, desto deutlicher realisiere ich, dass ich bei ihr sein will. Jetzt ist es mein Atem, der sich beschleunigt und mein Herz, das zu poltern beginnt. Und es sind ihre Lippen, die lächeln.

»Bei mir geht es wieder«, neckt sie mich und legt ihre Hand auf meine Brust. »Und bei dir?«

Ich teile ihr Grinsen. »Das ist der Normalzustand, wenn du in meiner Nähe bist«, erkläre ich meinen beschleunigten Puls.

»Und was bedeutet das, Herr Doktor?«

Ich lache. Dann lenke ich meine Augen erneut in ihre, versuche, eine Verbindung aufzubauen.

»Was war los, Cathy?«

Sie zieht ihre Hand zurück, nicht aber ihren Blick. »Es war nichts. Loreen war unehrlich, was das Trinkgeld angeht. Zumindest glaube ich das. Aber es ist alles gut gegangen. Ben ist gekommen und sie ist mit ihm fort. Ohne ihr Trinkgeld«, rattert Cathy eine Erklärung für alles und nichts herunter.

Ich kann mir vorstellen, was genau passiert ist. Ich bin mir sicher, dass Loreen unehrlich ist, wo sie kann und was Ben angeht … Dieses Mal scheint er sich tatsächlich richtig verhalten zu haben. Und Cathy? Sie ist anscheinend so durcheinander, dass sie vergessen hat, mich die letzten Tage ignoriert zu haben.

Vielleicht ist das meine Chance.

»Nimm das Trinkgeld mit hoch und frag Amy nach der Kassenabrechnung von Heute, dann kannst du es überprüfen.«

»Ja«, sagt sie und starrt an mir vorbei nach draußen, »genau das wollte ich machen.«

»Okay.«

Ihr Blick gleitet zu mir zurück. Ich lächle sie an. Und dann traue ich mich einen Schritt weiter. »Und was willst du danach machen?«

»Fernsehgucken, Schokolade essen, den Kopf abschalten.«

Ich nicke. »Das klingt gut.«

»Ja, oder?«

Ihr Lächeln wird breiter. Oder ist es so, dass ich intensiver grinse und sie meinen Ausdruck spiegelt? Ich weiß es nicht. Ich weiß nur, dass sich der Moment gut anfühlt. Zwischen ihr und mir.

»Magst du … Willst du … also, wenn du möchtest…«

»Ich komme gerne mit hoch«, hauche ich.

Und genau das mache ich. Ich gehe mit ihr nach oben und ich warte in ihrem Zimmer, während sie mit Amy alles bespricht. Ich schalte den Fernseher ein und mache es mir in ihrem Bett gemütlich. Ich lege meinen Kopf in ihre Kissen und atme ihren süßen Geruch ein. Ich fühle mich wohl, richtig wohl. Ich bin genau da, wo ich sein will. Und die Person, um die meine Gedanken unaufhörlich kreisen, betritt gerade den Raum.

»Mein Bett steht dir.«

»Danke.«

»Ich hab dich vermisst.«

»Cathy«, raune ich und merke, wie mein Herz ihr zustimmt. Es stolpert, es schmerzt, es pocht. Die ganze Zeit schon und mittlerweile mag ich das Gefühl in meiner Brust.

Sie hebt die Hand. »Nicht.« Dann atmet sie tief durch und erklärt: »Ich denke an dich. Oft. Ich vermisse dich. Und mich … mich hasse ich. Dafür, dass ich nicht ehrlich zu dir war, dass ich mit Ben und Loreen mitgegangen bin und am meisten dafür, dass ich nicht weiß, was ich will. Noch immer nicht.«

Ich setze mich aufrecht hin und nehme mir einen Moment, um meine Gedanken zu sortieren.

Es gibt Wörter, die sich vordrängeln wollen, die so unbedingt gesagt werden wollen, dass es schmerzt. In mir. In meinem Herzen. Aber ich kämpfe sie nieder. Jetzt ist nicht der richtige Zeitpunkt für Herzensworte. Jetzt müssen die Logischen her, die Besonnenen. Sie sind da und indem ich einen weiteren Atemzug nehme, finde ich sie.

»Vielleicht ist es an der Zeit, genau das herauszufinden.«

»Und wie?«

»Vielleicht fängst du damit an, dich zu fragen, was du von Loreen und Ben wolltest. Was ist es, dass dich hat *ja* sagen lassen?«

»Lust«, antworte Cathy und rammt mir damit einen Dolch ins Herz.

Ich schlucke. »Okay. Und warum bist du nicht geblieben?«

»Keine Ahnung. Doch. Ich …« Sie schließt die Augen und wird für einen Moment ruhig. Genau wie ich. Dann sieht sie mich an, traurig, verletzt. »Kann ich ganz ehrlich mit dir reden?«

»Ja.«

»Okay.« Cathy kommt zu mir, setzt sich neben mich aufs Bett. »Ich war noch nie richtig lange in einer Beziehung. Es war immer so, dass ich mehr wollte. Ich wollte Vertrauen, Verbundenheit, eine richtige Partnerschaft, Liebe. Ich wollte immer alles. Ben war nicht so, Toby war nicht so, Simon auch nicht … und du?«, flüstert sie.

Ihre Augen lassen mich sehen, wie sehr ich sie verletzt habe, ihre Worte lassen mich ihren Schmerz spüren. Ich habe ihr das gleiche Gefühl gegeben. Genau das gleiche. Fuck!

»An dem Abend«, beginnt sie und faltet ihre Hände im Schoß, knetet sie. »An dem Abend habe ich mich frei gefühlt und jung und glücklich. Als

Loreen mich geküsst hat, hat es gekribbelt und ich wolle mehr davon. Einfach mehr.«

Ich nicke. Kein Wort verlässt meine Lippen. Der Schmerz bleibt in mir, ich halte ihn gefangen und zwinge mich, weiter zuzuhören.

»Ich habe mich gefragt, ob ich vielleicht die ganze Zeit etwas wollte, wovon ich gar keine Ahnung habe, anstatt das zu genießen, was ich besitze. Verstehst du?«

»Weil du vielleicht auf der Suche nach Lust bist und nicht nach Liebe?«

»Genau.«

Wieder nicke ich. Ich verstehe, was sie meint, und ich verstehe auch, wenn sie sich dafür entscheidet. Aber ich will es nicht verstehen. Ergibt das einen Sinn? Vermutlich nicht. Und dann fällt mir ein, dass sie sich im Endeffekt doch dagegen entschieden hat. Und dann hat sie mich angerufen. Das bedeutet doch etwas. Scheiße, das bedeutet was!

»Und warum hasst du dich dafür?«

»Weil … wegen dir.«

Ich lächle. »Wegen mir?«

»Weißt du … Auch wenn ich nicht weiß, was ich will…«

»Ja?«, frage ich und spüre gleichzeitig, wie mein Herzschlag zum Sprint ansetzt. Sag es, sag es, sag es verdammt! Sag es.

»Weiß ich, wen ich will.«

Meine Lippen sind schneller als mein Verstand. Sie pressen sich auf Cathys Mund. Erst indem sie den Kuss erwidert, merke ich, was ich gemacht habe. Und dann spüre ich, dass es richtig war.

Cathy küsst mich zurück. Ihre Lippen öffnen sich, ihre Zunge gleitet an meine Lippen und ich heiße sie willkommen.

Cathy reibt sich an mir. Ihre Zunge an meiner, ihre Hände an meinem Nacken und dann sitzt sie ganz auf mir. Sie will mich. Sie spürt mich. Sie braucht mich. Und dann ist da ein kleiner Gedanke, der sich in meinen Kopf schleicht:

Sie probiert den Weg der Lust und ich will Liebe.

Fuck!

Kapitel 27

CATHY

Noahs Zunge zu spüren, berauscht mich. Seine starken Schultern unter meinen Fingerspitzen, sein Keuchen an meinem Ohr, seine Hände, die mich genau richtig anfassen … Ich will ihn. Ich will ihn so sehr, dass es schmerzt, dass es mich hektisch werden lässt und dann blind. Ich bin blind vor lauter Lust. Anders kann ich mir nicht erklären, was gerade zwischen uns passiert.

Noahs Hände streifen meine Klamotten ab, legen sich auf meine nackte Haut. Er streichelt mich, küsst und leckt an mir. Und ich genieße es. Keiner von uns spricht, wir fühlen einfach nur. Ich, dass die Schmetterlinge in meinem Bauch in Startposition gehen. Es ist dieses sanfte Kribbeln, das in der Magengegend beginnt und dann über den ganzen Körper rollt. Ich will mehr davon. Ich will es spüren und mir ist egal, dass es schnell geht. Schnell ist gut. Jetzt ist gut.

»Lust oder Liebe?«, raunt Noah in mein Ohr.

Ich denke nicht einen Moment nach. »Lust!«

Er lacht. Dann packen seine Hände meine Beine, drängen sie auseinander. Er leckt über mich und ich schreie. Gott tut das gut, ihn endlich wieder zu spüren!

Er dreht mich um, zieht meinen Hintern hoch. Ich folge ihm, folge allem, was er mit mir macht. Weil ich ihm vertraue und weil ich weiß, dass er mir Lust schenken wird.

Noah greift an mir vorbei und öffnet meine Nachttischschublade.

»Mach schnell«, flüstere ich und meine es genauso. Ich will ihn. Ich will ihn so sehr in mir spüren, bei mir und dazu ganz nah. Das Gefühl ist so stark, dass es mich wundern sollte. Tut es aber nicht. Ich lasse mich einfach von ihm berauschen und nehme alles, was der Moment für mich bereithält.

Noah kniet sich hinter mich, spreizt meine Beine ein Stück weiter. Seine Finger wandern meine Oberschenkel hoch, gleiten zwischen mich. Er lässt seine Fingerspitzen um mich herum tänzeln, bewegt sich federleicht. Ich keuche verhalten und schiebe mein Becken weiter zu ihm. Ich will mehr.

»Fester«, fordere ich und höre sein Knurren. »Noah, bitte!«, sporne ich ihn weiter an. Meine Beine beginnen unter seinen sanften Berührungen zu zittern, mein Atem wird schneller und in mir breitet sich diese köstliche Hitze aus. Ich liebe dieses Gefühl. Das Kribbeln, die Vorfreude, die Lust.

Und dann schiebt er sich mit einem Stoß in mich. Vollkommen. Das Gefühl ist so intensiv, dass ich schreie. Und dann halte ich mich fest. An der Bettkante, mit beiden Händen und aller Kraft.

Noah hält mit einer Hand mein Becken fest umklammert und schiebt die andere zwischen meine Beine. Er zieht meinen Hintern an sich, immer wieder und presst sich tief in mich. Unsere Körper klatschen aneinander. Er knurrt und ich keuche. Und während er mich hart nimmt, fährt sein Finger ganz langsame Kreise um meine Klit. Er macht mich wahnsinnig.

Die Mischung von hart und sanft, schnell und langsam bringt mich so rasant an die Klippe, dass ich nicht hinterherkomme. Bevor ich es realisiere, verkrampfen sich meine Muskeln.

»Sei laut für mich, Kleines«, haucht Noah.

Seine Stimme vibriert in mir und ich komme der Bitte in seinen Worten sofort nach. Ich stöhne. Ich wimmere. Ich komme. Und Noah kommt mit mir.

Es ist ein intensiver Orgasmus. Einer, der meine Muskeln zittern lässt, meine Augen tränen und meinen Mund schreien. Er rollt über mich. Und indem er vorüber ist, lässt er mich seltsam leer zurück.

Noah zieht sich aus mir heraus und tupft einen Kuss auf meine Schulter. Ich drehe mich auf den Rücken, bin vollkommen erledigt. Aber da ist noch ein anderes Gefühl in mir. Ein trauriges. Und als ich in Noahs Augen blicke, schnürt es mir die Kehle zu.

»Gehst du schon?«, frage ich, da Noah bereits aufsteht und seine Hose hochzieht.

Er fährt sich mit der Hand durch die Haare, schüttelt seinen Kopf. Er fühlt sich so verdammt weit weg an, obwohl er doch direkt vor mir steht. Und er ist angezogen. Das fällt mir jetzt erst auf. Scheiße, Noah ist komplett angezogen! Hat er nur seine Hose geöffnet? Habe ich … war ich … was? Was hat das zu bedeuten?

»Noah?«, frage ich noch einmal und höre meine eine Stimme vollkommenen fremd in meinen Ohren.

»War es das, was du wolltest?«

Ich zucke mit den Schultern. »Was meinst du?«

Noah seufzt. »War es das, was du wolltest? Lust? War es gut für dich?«

»Natürlich war es gut«, erkläre ich schnell und weiß noch immer nicht, worauf er hinaus will. »Unglaublich gut. Für dich nicht?«

»Es war schnell, Cathy und ich habe dich nicht einmal geküsst.«

»Oh.«

Sein Blick wendet sich von mir ab. »Du hast es nicht gemerkt, oder?«, flüstert er.

Ich will ihm antworten. Ich will ihm sagen, dass er mich jetzt küssen soll, dass er wieder zu mir kommen soll, dass wir über alles reden können. Aber als ich meinen Mund öffne, kommt kein Wort heraus.

»Ich weiß ganz genau, was ich will. Und das hier ist es nicht. Ich will Liebe. Weil sich Lust damit für mich ganz anders anfühlt«, schleudert er mir entgegen. »Wenn du nur Sex willst … dann…«

»Noah, ich -«, beginne ich mit zittriger Stimme und werde sofort von ihm unterbrochen.

»Dann bin ich nicht der Richtige für dich. Es tut mir leid, Cathy. Ich will mehr. Ich will einfach mehr.«

Noah dreht sich um und geht. Er geht einfach raus und lässt mich zurück. Seine Schritte, die durch die Zimmertür zu mir dringen, werden gleichermaßen leiser, wie das Klopfen meines Herzens lauter wird. Es pocht so heftig gegen meine Brust, dass es schmerzt.

Scheiße. Scheiße. Und nochmal scheiße!

Ich hätte sagen sollen, dass ich Liebe will, dass ich ihn will, uns. Mir hätte auffallen müssen, dass er mich nicht geküsst hat. Aber für mich hat es sich anders angefühlt. Für mich war es Vertrauen und Liebe und all das, was ihm gefehlt hat.

Darf man nicht auch harten Sex haben, wenn man sich liebt? Darf es dann nicht mehr schnell gehen? Ich verstehe ihn nicht. Ich verstehe gar nichts mehr.

Und bevor ich mich versehe, sitze ich nackt und verlassen in meinem Bett und weine. Und das, obwohl ich mir sicher bin, dass wir das Gleiche wollen. Dass wir endlich da sind, wo wir hingehören. Nur versteht er mich nicht und ich ihn nicht.

Für den Fall, dass ich es noch nicht oft genug gesagt habe: Scheiße!

Kapitel 28

NOAH

Ich stürme aus der Wohnung, renne die Treppe runter, öffne die Tür und stürze geradewegs in sintflutartigen Regen. Das hat mir gerade noch gefehlt. Und als wäre das nicht genug, hält das Schicksal noch eine kleine Demütigung für mich bereit: Auf dem Beifahrersitz liegt ein kleines Päckchen mit einer goldenen Drei. Es ist der dritte Advent und ich habe verdammte Kekse für Cathy gebacken. Fuck!

»Fuuuuuck!«, brülle ich und schlage mit der Faust aufs Lenkrad.

In mir brodelt es, wütet und schlägt so fest auf mein Herz ein, dass ich nicht weiß, woher ich die Kraft nehme … Aber ich steige tatsächlich aus dem Auto. Ich renne durch den Regen und lege das Päckchen vor die Tür.

Vermutlich weicht der Regen die Plätzchen auf, vielleicht nimmt es irgendjemand mit und wahrscheinlich isst Cathy meine Kekse nicht einmal, weil sie scheiße schmecken. Aber das ist mir egal. Mir ist alles egal.

Ich setze mich ins Auto und fahre nach Hause.

Kapitel 29

WEIHNACHTEN

CATHY

Noah hat mir Kekse geschenkt. Zum zweiten und auch zum dritten Advent. Gestern war der vierte Advent und ich habe den ganzen Tag vor dem Fenster gesessen und auf ihn gewartet. Er ist nicht gekommen. Und heute Morgen liegt ein kleines Päckchen vor unserer Haustür …

Immerhin war er da. Auch wenn er mich nicht sehen wollte. Das gibt mir Hoffnung und Hoffnung ist etwas, an dem ich mich festklammern kann. Intensiv.

Ich drücke das kleine Paket an mich wie einen kostbaren Schatz und schlüpfe durch die Tür in mein Zimmer.

Amy versucht seit Tagen, mich aufzumuntern. Sie erträgt meine Tränen und unternimmt all die Dinge mit mir, die ich mir für Noah und mich gewünscht hätte. Weihnachtsmarktbesuche, Schlittschuhlaufen im Park, Glühwein kochen und abends vor dem Kamin Weihnachtsfilme gucken. Es ist wunderschön mit Amy. Und ich liebe Weihnachten. Das mache ich wirklich. Aber jemanden anderen liebe ich auch …

Ich setze mich ins Bett, schlage die Decke über meine Beine und packe das Päckchen aus. Vanillekipferl. Noah hat Vanillekipferl für mich gebacken.

Ich kann nichts gegen die Tränen unternehmen, die sich aus meinen Augen stehlen. Ebenso wenig gegen das Lächeln, das an meinen Lippen zieht. Er hat ausgerechnet Vanillekipferl gebacken!

Ich greife mein Handy und schreibe die vermutlich fünfzigste Nachricht an ihn.

> Cathy: Ich liebe Vanillekipferl. Danke. Du machst mich glücklich, Noah. Auch wenn du mich gleichzeitig traurig machst. Ich wünsche mir, dass du mir antwortest. Ich wünsche mir, dass du mir vergibst.

Ich schicke die Nachricht ab und lege das Handy wieder beiseite. Irgendwann wird er antworten. Das weiß ich. So lange schreibe ich ihm weiter meine Nachrichten und schicke ihm Bilder von allem, was mich beschäftigt.

Das ist meine Art, ihm zu zeigen, dass ich ihn in meinem Leben haben will. Dass ich mich für ihn entscheide und nicht für die Lust. Aber er versteht es nicht. Oder er will mich nicht mehr. Das kann natürlich auch sein …

***

»Frohe Weihnachten mein Schatz«, haucht Amy abends und prostet mir mit einem randvollen Glas frisch zubereitetem Eierlikör zu.

»Frohe Weihnachten.«

Die Gläser klirren aneinander, unsere Blicke verhaken sich für einen Moment, unsere Münder lächeln und dann folgt der erste Schluck. Himmlisch!

Ich liebe Eierlikör. Ich liebe Amy und Weihnachten liebe ich auch. Mir geht es gut. Ich bin glücklich. Und offensichtlich bin ich auch ein Meister darin, mir selbst zu sagen, was gut ist. Vielleicht, weil ich hoffe, dass meine inneren Worte die Gefühle überlagern können. Ein Versuch ist es wert. Weswegen ich mir gleich noch mehr wunderbare Wahrheiten vor Augen führe:

Wir haben uns endlich dazu entschieden, Loreen zu kündigen. Sie hat 200€ aus der Ladenkasse in die Trinkgeldkasse gelegt, was Grund genug war.

Amy hat einen Mann kennengelernt. Er heißt Alexander, er ist gerade erst hierhergezogen und er sieht ungeheuer gut aus. Nächste Woche wird Amy zu ihrem ersten Date gehen. Tierisch nervös, natürlich, aber ungeheuer glücklich. Weil es einfach an der Zeit ist, wieder Liebe in ihr Leben zu lassen. Männliche Liebe.

Und für mich ist es an der Zeit zu wissen, was ich mit meinem Leben anfangen will. Deswegen habe ich beschlossen, mein BWL-Studium abzuschließen. Mir fehlt nur noch ein Semester. Ich habe mich für das Sommersemester eingeschrieben und hoffe, hier einen Platz zu bekommen. Ich werde weiterhin im Café arbeiten und Amy unterstützen und wenn ich meinen Abschluss habe, kann ich neue Pläne machen.

Es wird sich alles fügen und in die richtigen Bahnen laufen. Ich spüre, dass es richtig ist. An dem Lächeln, das sich auf meine Lippen schleicht, wenn ich durch den Ort spazieren gehe, der mein Zuhause geworden ist. An der Wärme in meinem Herzen. Und daran, dass Amy jeden meiner Gedanken mit einem Nicken bedenkt. Daran, dass sie sagt, mein Dad würde den Weg mit mir gehen und dass sie es an seiner Stelle macht.

Alles läuft in die richtige Richtung. Alles ist geplant. Alles ist gut. Uns geht es gut. Vielleicht wird es wahr, wenn ich es nur oft genug sage …

Für diesen Moment jedenfalls ist es auch so. Weil heute Abend Weihnachten ist und Amy und ich an einem wundervoll gedeckten Tisch sitzen und uns auf das bereits herrlich duftende Weihnachtsmenü freuen können.

»Bereit für den ersten Gang?«, fragt Amy und lässt ihre Augenbrauen tanzen.

Wir haben uns etwas ausgedacht: Jeder bereitet einen Gang zu und überrascht damit den anderen. Weil Weihnachten etwas Besonderes ist und man sich gleichermaßen gerne bekochen lässt, wie man selbst jemanden anderen verwöhnt. In unserem Fall gibt es nur Amy und mich, weswegen wir einander bekochen wollten und uns voneinander verwöhnen lassen werden.

»Das bin ich.«

Amy strahlt über das ganze Gesicht. »Ich präsentiere den ersten Gang unseres Weihnachtsmenüs«, trällert sie und verschwindet in die Küche. Mit zwei dampfenden Tellern kommt sie wieder. »Zwiebelsuppe mit Chardonnay und Dinkelkrüstchen.«

»Hmmm«, mache ich und gleich noch mal, als der Teller vor mir steht und ich den leckeren Geruch einatme. Die Suppe schmeckt wahnsinnig gut. Dazu gibt es natürlich gekühlten Chardonnay und ehrlich gesagt könnte ich den ganzen Abend nichts anderes essen. Es schmeckt ausgezeichnet.

Aber der nächste Gang gehört mir. Weswegen ich mich freudig erhebe und Amys Frage von eben fast wortwörtlich wiederhole: »Bereit für den zweiten Gang?«

»O ja. Das bin ich.«

Ich nehme die Suppenteller mit in die Küche, räume sie in die Spülmaschine und hole neue Teller aus dem Schrank. Ich schneide den Rinderbraten an, gebe Semmelknödel und Rotkohl auf die Teller, lege ein Stück Braten dazu und übergieße alles mit Soße. Zurück im Wohnzimmer strahlen Amys Augen feucht.

»Rinderbraten zu Weihnachten.«

»So will es die Tradition«, hauche ich und verteile die Teller.

Wir essen. Still. Die Freude von eben ist verloren gegangen. Irgendwo zwischen Vorspeise und Hauptgang. Wir sitzen einfach nur da, befüllen die Gabel und führen sie zum Mund. Irgendwann lege ich die Gabel beiseite. Der Braten schmeckt mir nicht.

»Ach Schätzchen«, flüstert Amy und legt ihre Hand über meine. »Es ist das erste Weihnachten ohne deinen Dad. Es ist okay, dass er dir fehlt.«

»Das ist es nicht«, sage ich und dann fällt mir etwas auf: »Du hast die ganze Zeit versucht, mich abzulenken, oder? Weihnachtsmarktbesuche, Schlittschuhlaufen, backen und Fernsehgucken?«

Amy lächelt die Tränen in ihren Augen weg. »Natürlich habe ich das. Dieses Jahr fehlen zwei Männer an diesem Tisch und ich glaube zu wissen, dass in deinem Herzen sogar ein dritter fehlt.«

»John, Dad und Noah«, flüstere ich und Amy nickt.

Mein Herz wird schwer. Ich lasse ihn zu. Den Gedanken an meinen Dad und dann blicke ich auf die Uhr.

Amy folgt meiner Bewegung. Ihre Hand verlässt meinen Arm. Mein Herz bleibt stehen und die Zeit um mich herum ebenso. Es ist 19:38 Uhr.

Genau vor einem Jahr ist mein Dad gestorben.

Nichts ist gut. Ich bin auch nicht glücklich und mein Weg ist falsch. Wie könnte er richtig sein, wo doch mein Dad nicht da ist, um ihn mit mir zu gehen?

Kapitel 30

NOAH

Es ist Weihnachten. Und dieses Jahr verbringe ich den Weihnachtsabend ganz allein. Normalerweise bin ich bei meinen Eltern eingeladen und ziehe später mit den Jungs um die Häuser. Aber dieses Jahr? Meine Eltern sind im Urlaub und meine Jungs … Nun ja, aus unserer Runde sind inzwischen alle verheiratet, viele haben eine eigene Familie gegründet und ich bin übergeblieben. Allein.

Was mir sonst eher selten auffällt, ist heute geradezu schmerzlich präsent: Ich bin allein.

Dazu sieht mein Weihnachtsmenü alles andere als festlich aus. Ich habe mir eine Tiefkühlpizza in den Ofen geschoben. Sie schmeckt scheiße. Genau wie das Bier. Und das Fernsehprogramm ist ebenso schrecklich. Ich schalte den Fernseher aus, schiebe den Teller mit der angefangenen Pizza von mir, lege meine Füße auf den Couchtisch und lehne mich zurück.

Cathy. Natürlich muss ich gerade jetzt an Cathy denken. An ihre weiche Haut, ihre sanften Lippen, an ihr Lächeln und den Klang ihrer Stimme. Fuck! Warum antworte ich ihr nicht endlich? Richtig, weil ich darauf warten wollte, dass sie herkommt.

Schreiben kann jeder, telefonieren auch und das hat sie noch nicht einmal versucht. Ich habe mir vorgenommen, erst mit ihr zu reden, wenn sie vor mir steht. Weil es ihr dann ernst ist, weil ich mir dann sicher sein kann, weil … ach scheiß doch drauf!

Indem ich mir all meine ach so schlauen Gedanken vorhalte, zerfallen sie zu nichts als Mist. Ich melde mich jetzt bei ihr! Mit dem Handy in der Hand öffne ich das Nachrichtenfeld und beginne zu tippen.

Noah: Ich vermisse dich auch.

- Zu plump, oder? Das lösche ich wieder. Ich muss etwas Direktes schreiben, etwas Ehrliches. Etwas, was mir Klarheit gibt.

Noah: Wenn du es ernst meinst: Komm zu mir.

- Geht das? Nein. Nein, ich kann nicht an Weihnachten fordern, dass sie zu mir kommt. Ich sollte zu ihr gehen. Immerhin weiß ich, dass sie zu Hause ist. Genau. Das mache ich. Ich fahre zu ihr.

Und dann klingelt die Türglocke.

Für einen Moment betrachte ich ungläubig die getippten Worte auf meinem Handy. Ich habe die Nachricht nicht abgeschickt. Das kann nicht, oder? Aber wer sollte es sonst sein?

Meine Füße tragen mich von ganz allein durch den Flur bis vor die Haustür. Ich atme einmal tief durch und öffne sie. Und da steht sie. Cathy.

Ich bin kurz davor, ihr *frohe Weihnachten* zu wünschen, als ich bemerke, dass sie weint. Die Worte bleiben in meinem Hals stecken und dann finde ich neue.

»Komm her«, flüstere ich und ziehe sie an mich.

Ihr schlanker Körper presst sich gegen meine Brust. Ich halte sie fest umschlungen, so lange, bis ich höre, wie sie kräftig ausatmet.

»Warum bist du hier?«, frage ich, nachdem ich die Tür hinter uns geschlossen habe und mit Cathy ins Wohnzimmer gegangen bin.

Sie setzt sich neben mich auf die Couch, faltet ihre Hände im Schoß, guckt überall hin. Nur nicht zu mir.

Ich frage noch einmal. »Warum bist du hier, Cathy?«

»Heute vor einem Jahr ist mein Dad gestorben.«

»Oh«, sage ich und gleich danach: »O Gott, Cathy. Das tut mir wahnsinnig leid. Was kann ich machen?«

»Nichts. Du kannst nichts machen. Es ist nur … ich wollte, dass du es weißt. Ich wollte es dir erzählen. Die Dinge die mich traurig machen, weswegen ich nachts nicht schlafen kann.«

»Okay.«

Sie presst ihre Hände fest aneinander. Ich würde sie gerne lösen, meine Hände mit ihren verschränken, sie auf meinen Schoß ziehen und festhalten. Aber ich glaube, dass Cathy sich gerade selbst halten muss und bleibe, wo ich bin.

»Es war genau vor einem Jahr. Amy und ich haben am Tisch gesessen und auf ihn gewartet. Wir haben zusammen gekocht: Braten mit Rotkohl und Semmelknödel. So wie jedes Jahr«, beginnt sie und lächelt dann.

Ich lächle mit ihr.

»Als es an der Tür geschellt hat, haben wir Witze gemacht, dass er jetzt auch noch seinen Schlüssel vergessen hat. Aber er war es nicht. Es war die Polizei. Mein Dad hatte einen Autounfall. Wir wussten es nicht. Wir haben zusammen gelacht, gekocht und den Tisch gedeckt, während mein Dad auf der Straße gestorben ist. Und dann haben wir auf ihn gewartet, obwohl er nicht mehr kommen würde. Obwohl er gar nicht mehr nach Hause kommen konnte.«

Cathy blickt mich an und streckt ihre Hand aus. Ich greife zu. Ich ziehe sie zu mir. Auf meinen Schoß, an meine Brust, mein Herz.

»Es ist okay, weißt du. Er fehlt mir. Wahnsinnig. Aber ich muss lernen, ohne ihn klarzukommen.«

Ich nicke, vollkommen ahnungslos, was die richtigen Worte für so einen Moment sind.

»Ich verkrafte es, Weihnachten ohne einen Mann zu verbringen, den ich liebe. Zwei sind zu viel«, haucht sie gegen meinen Hals.

Zwei Männer. Ihr Dad und … ich? In meinem Kopf wird es ganz leise und in meinem Herzen laut. Ich lehne mich von ihr weg, blicke sie an.

»Frag mich noch mal«, grinst Cathy mich frech an.

»Was?«

»Frag mich nochmal, ob ich Lust oder Liebe will.«

Ein Lächeln zieht an meinen Lippen. »Was willst du, Cathy?-«

»Dich«, unterbricht sie mich und hält sich lachend eine Hand vor den Mund. »Entschuldigung, frag zu Ende.«

»Was willst du? Lust oder Liebe?«

»Liebe.«

Meine Lippen Lächeln noch breiter, bevor sie sich auf Cathys legen. Ich küsse sie. Vorsichtig, sanft. Ich halte sie mit meinen Händen fest und hoffe, dass mein Herz sie genauso hält.

»Und jetzt?«, frage ich sie. »Was wünscht du dir für heute Abend?«

»Ich darf mir etwas wünschen?«

»Alles.«

Cathy kichert vergnügt. »Dann will ich spazieren gehen. Es schneit, weißt du?«

»Es schneit?«

»Ja.«

»Dann nichts wie raus mit uns!«

***

Ich leihe Cathy einen Schal und eine Mütze von mir. Hand in Hand laufen wir durch die weißen Straßen. Die Luft ist klar und kalt und voller Erinnerungen. Und neben mir läuft die Frau, mit der ich neue Erinnerungen schaffen möchte. Da ist es wieder. Mein Herz stolpert. Es setzt einen Schlag aus und klopft den nächsten besonders hart gegen meine Brust.

Ich atme tief ein und lasse das Gefühl zu. Dann ziehe ich Cathy zu mir und an meine Lippen.

»Du machst mich verrückt«, raune ich, bevor ich meine Lippen auf ihre presse. Meine Hand wandert in ihren Nacken, meine Zunge in ihren Mund. Ich reibe mich an ihr, werde schneller, fordernder. Ein kleiner Biss in ihre Lippe lässt Cathy stöhnen und das wiederum lässt mich hart werden. Ich will sie. Gott, ich will sie so sehr. Aber dieses Mal will ich ihr zeigen, wie sich Liebe für mich anfühlt …

Und noch mehr … Noch mehr will ich sie kennenlernen. Ich will, dass sie nie mehr vergisst, wofür sie sich entschieden hat.

»Cathy Mac Leary?«

»Ja?«, fragt sie.

»Woher kommt eigentlich euer Nachname?«

Sie prustet. »Das willst du von mir wissen? Jetzt?«

»Ja.«

Sie schüttelt den Kopf, lacht. »Meine Urgroßeltern, deren Eltern oder die davor … ich weiß es nicht … sind aus Schottland.«

»Höchst interessant.«

»Ich weiß. Was willst du noch wissen?«, fragt sie und lässt einen Kuss folgen, der mir jede Frage verbieten sollte.

»Was ist deine Lieblingsfarbe?«

»Rot«, keucht sie und drängt sich fester an mich.

Zwischen ihre Lippen murmle ich: »Dein Lieblingsessen?«

Anstatt mir zu antworten, schiebt Cathy ihre eiskalte Hand von hinten unter meine Jacke.

»Ahhh, ist das kalt«, fluche ich.

»Fies, oder? So fühlen sich deine Fragen für mich auch an. Wie eine Abkühlung meiner heißen Gedanken.«

»Heiße Gedanken?«

»Ungeheuer heiß.«

»Fuck!«, murmle ich und ziehe Cathys Lippen zurück an meine.

***

Wenig später stolpern wir ins Haus, in den Flur. Dicke Schneestücke fallen von unseren Jacken,

Mützen und aus den Schuhen, die wir unachtsam in die Ecke schmeißen.

Eigentlich wollte ich mir Zeit lassen, eigentlich wollte ich sie verwöhnen, verführen, jedes Kleidungsstück von ihrem Körper küssen … Aber den Winterjacken folgen unsere Oberteile, den Schuhen die Jeans, die Socken, die Unterwäsche. Und dann stehen wir plötzlich vollkommen nackt voreinander. Atemlos, haltlos und voller Leidenschaft.

Cathy legt ihre Arme um meinen Nacken, zieht mein Ohr zu sich herunter.

»Ich will, dass du mich küsst. Ich will, dass du mich spüren lässt, wie es sich für dich anfühlt. Ich will dein Stöhnen an meinem Ohr und deinen Schwanz tief in mir.«

Ich schlucke. Dann grinse ich.

»Zu viel?«, fragt Cathy mit einem Anflug von Unsicherheit in ihrer Stimme und wirkt damit noch attraktiver auf mich.

»Genau richtig«, antworte ich und hebe sie auf meine Hüfte.

Cathys Beine schlingen sich um mich, ihre Hände halten sich an meinen Schultern fest. Ich gehe mit ihr die Treppe hoch und spüre ihre Mitte bei jedem Schritt gegen mich reiben. Dazu machen mich ihre Küsse an meinem Hals und das leise Keuchen aus ihrem Mund geradezu verrückt. Ein Knurren verlässt meine Kehle, als sie ihr Becken kurz kreisen lässt.

Ich trete die Tür zu meinem Schlafzimmer mit dem Fuß auf, laufe zum Bett und lege Cathy vorsichtig darauf ab. Ich nehme mir Zeit. Um meinen Herzschlag zu beruhigen und um sie zu betrachten. Ihren wohlgeformten Körper, ihr Gesicht, die leicht geröteten Lippen, die einen Spalt geöffnet sind. Und ihre Augen, die immer ein bisschen mehr preisgeben als das, was Cathy zu offenbaren bereit ist. Sie sind dunkel, glasig und zeigen mir, wie sehr sie mich will.

Cathy streckt ihre Hand nach mir aus. Ich schüttle den Kopf. Nein. Ich will mich nicht auf sie legen. Ich will sie schmecken. Ich will, dass sie kommt. Erst auf meiner Zunge, dann um meinen Schwanz und dann noch einmal. Ich will ihr erst so viel Lust schenken, wie ich kann … damit ich mich danach traue, ihr meine Liebe zu geben.

»Schließ deine Augen und öffne deine Beine«, raune ich. »Bitte.«

Sie sieht mich an, stellt ihre Beine auf und öffnet die Schenkel. Und dann schließt sie ihre Augen. Gott ist das heiß! Ihr Vertrauen, ihre Hingabe, ihre Lust, die zwischen ihren Beinen glänzt. Das alles liegt vor mir. Und ich gebe ihr das, was sie will.

Ich gehe auf das Bett zu, lege ein Knie auf der Matratze ab, drücke sie mit meinem Gewicht runter. Und Cathys Vorfreude steigt. Ich erkenne es daran, dass ihr Brustkorb sich schneller hebt und senkt, daran, dass sie ihre Finger in den Laken vergräbt.

Ich nehme das andere Bein hoch, knie mich zwischen ihre geöffneten Beine. Cathy atmet lauter, unbeherrschter. Ich betrachte sie, lasse meinen Blick über den rasenden Puls an ihrem Hals wandern, der kleinen Kuhle zwischen ihren Schlüsselbeinen, ihren wunderschönen Brüsten und tiefer. Viel tiefer.

Sie so zu sehen erregt mich. Maßlos. Aber ich beherrsche mich. Jetzt geht es nur um Cathy. Ich lege meine Hände auf ihre Knie und drücke sie zur Seite. Meine Fingerspitzen tänzeln die weiche Haut ihrer Oberschenkel hoch. Ich gönne meinen Augen einen kleinen Moment. Betrachte die Gänsehaut, die meiner Berührung folgt.

Mein Mund grinst, mein Schwanz zuckt. Und dann schnelle ich vor und lecke Cathys Feuchtigkeit mit der Zunge auf.

Sie keucht laut. Ihr Oberkörper schießt nach oben und fällt wieder zurück, indem ich an ihr sauge. Dieses Mal bin ich nicht vorsichtig. Ich kündige mich nicht an, ich baue keine Leidenschaft auf. Sie ist bereits da. Und ich will, dass sie weiter und weiter ansteigt. Ich will, dass sie brennt.

Meine Hände graben sich unter Cathys Hintern, heben ihn an. Meine Zähne beißen, meine Lippen saugen und meine Zunge dringt in ihr weiches Fleisch.

Cathy hält meinen Kopf mit beiden Händen fest, ihre Finger krallen sich in meinen Hinterkopf. Und ich liebe es. Ich liebe ihren Geschmack an meiner Zunge, den Druck ihrer Oberschenkel an meinen Ohren, ihre Fingernägel an meinem Kopf.

Ihr Stöhnen lässt mich schneller werden, fester saugen. Sie presst sich gegen mich und mich noch fester an sich. Cathy ist gut darin, zu zeigen, was sie will und verdammt … Ich bin gut darin, ihr genau das zu geben.

Dem Keuchen und Schreien nach zu urteilen, welches ihren Mund verlässt - verflucht gut. Und dann zittern ihre Schenkel. Ihre Muskeln verkrampfen sich. Cathy beugt sich auf. Sie kommt auf meiner Zunge, während sie immer und immer wieder meinen Namen stöhnt.

Der Mann in mir klopft sich auf die Schulter. Er weiß, dass er teuflisch gut ist, und reibt sich freudig den Schwanz.

Und das Gefühl tief in mir pocht leise und unperfekt vor sich hin. Es wird immer mehr zu einer Melodie, zu einem Lied. Ich höre ihm zu und weiß, dass ihm noch etwas fehlt, damit es ganz ist. Eine Kleinigkeit. Nur weiß ich nicht … was?

Kapitel 31

CATHY

Gott! Der Mann ist ein Gott. Ich bebe. Mein ganzer Körper ist wie elektrisiert. Jede Berührung von ihm schickt mir einen Stromschlag über die Haut, durch die Muskeln und in meine Mitte.

Als er seinen Kopf von mir wegzieht, will ich ihn davon abhalten, ihn festhalten und nie wieder erlauben, irgendwo anders zu sein als zwischen meinen Beinen. Wozu auch, wenn seine Zunge und sein Mund dazu geschaffen sind, mir Lust zu bereiten?

Noah lacht vor meine Mitte, pustet auf die erhitzte Haut. Wieder rollt ein Schauer über mich und ich presse meine Schenkel zusammen.

»So verflucht geil«, raunt er und tupft einen federleichten Kuss auf meine Haut.

Ich wimmere. Die ganze Zeit schon. Vielleicht habe ich auch geschrien. Auf jeden Fall habe ich hinter verschlossenen Augen so viel gespürt wie noch nie. Deswegen will ich sie auch nicht öffnen. Weder meine Augen noch meine Beine. Damit der Moment anhält und anhält und … Oh! Noahs Finger streicheln über meinen Bauch, legen sich um meine Brüste. Ich mache ihm Platz, öffne meine Beine, lockere meine Hände.

Er küsst und streichet sich zu mir hoch, hält an meiner Brust und lässt seine Zunge um die empfindliche Knospe kreisen. Ich drücke meinen Rücken durch, genieße das Gefühl wie jedes einzelne, dass Noah mir schenkt.

Als er meinen Nippel aus seinem Mund gleiten lässt, schnaube ich frustriert und er lacht rau. Ich stehe auf Noahs raue Stimme. Von Anfang an. Genau wie mich sein Lächeln, sein Körper und der wahnsinnig tiefe Blick aus seinen dunklen Augen anmachen.

Sein warmer Atem kommt näher. »Küss mich«, haucht er vor meinem Mund und ich öffne ihn, warte auf den Druck seiner Lippen. Noah leckt über meine Unterlippe, saugt sie in seinen Mund und knabbert leicht daran. »Küss mich Cathy«, murmelt er.

Ich hauche seinen Namen zwischen seine Lippen und presse meine darüber. Ich küsse ihn und schmecke mich dabei auf seiner Zunge. Ich mag meinen Geschmack auf ihm, meinen Geruch an ihm, aber noch lieber mag ich alles von Noah an mir.

Deswegen ziehen meine Hände ihn fester zu mir. Meine Beine umschließen sein Becken, drücken ihn tiefer. Er liegt fast auf mir. Fast. Aber unsere Körper berühren sich nicht. Dabei will ich ihn so sehr spüren. Körper an Körper. Haut an Haut. Ich ziehe fester und Noah lacht.

»Sieh mich an«, fordert er.

Ich schlage meine Augen auf und blicke geradewegs in tiefe dunkle Lust und dazu noch etwas, das ich nicht zu benennen weiß. Es raubt mir kurzzeitig den Atem.

Noah legt seine Lippen in ein schiefes Lächeln, bevor er meine Nasenspitze küsst, mein Kinn, meinen Mund, meine Stirn.

»Ich will dich spüren«, hauche ich.

»Ach ja?«

Mein Gesicht schnellt hoch, mein Mund stielt sich einen Kuss. »Unbedingt!«

»Was willst du noch?«, fragt er und küsst sich meinen Hals entlang.

Ich wimmere, als er über meinen Puls leckt und seine Hand um meine Brust schließt.

»Alles«, stöhne ich.

Noah dreht sich auf die Seite, legt seinen Körper neben mir ab, sieht mich an. Seine Finger gleiten zwischen meinen Brüsten auf und ab, halten an meinem Kinn und legen es auf die Seite. Ich blicke ihn an.

»Was willst du ausprobieren, worauf hast du Lust?«, fragt er.

»Auf dich.«

Noah lacht. »Das ist keine Antwort.«

»Doch, ist es. Noah, schlaf mit mir, fick mich, liebe mich. Mach, was immer du willst. Ich will es auch. Weil ich dich will.«

Er knurrt. Seine Augen schließen sich für einen Moment und öffnen sich nicht mehr ganz. Als ob die Lust seine Lider träger werden lässt. Und seinen Atem schneller, seine Hand fahriger.

Er will mich. Scheiße, dieser verflucht attraktive Mann will mich. Und er hat Angst, nicht genug zu sein. Ich merke es an seinem Zögern, an seinen Fragen, seiner Vorsicht. Er ist aber genug. Mehr als das. Er ist alles.

Ich setze mich auf, krabble auf seinen Schoß. Ich lege meine Hände in seinen Nacken und meinen Mund auf seine Lippen. Ich bin mutig. Bei ihm bin ich immer mutig. Ich küsse ihn, streichle mit der Zunge über seine Lippen. Ich reibe meine Nippel an seiner harten Brust. Und dann … dann schiebe ich mein Becken über seinen Schwanz, lasse ihn durch mich gleiten.

Noah knurrt in meinen Mund, seine Hände schließen sich grob um meine Schenkel.

»Das ist gefährlich«, raunt er zwischen zwei Küssen.

Ich fahre noch einmal vor und zurück, genieße das heiße Gefühl seiner Lust zwischen meinen Beinen. »Aber es fühlt sich so gut an.«

Noahs Hände halten meinen Kopf. Sein Kuss wird fordernder, härter und ich lasse mein Becken kreisen.

»Fuck!«, stöhnt Noah, packt meine Hüften und schiebt mich von sich. »Du Biest!«

Ich kichere und er beugt sich zur Seite, kramt in der Schublade und zieht ein Kondom heraus. Er nimmt die Verpackung zwischen die Zähne, reißt sie auf und stülpt das Kondom zwischen Daumen und Zeigefinger über seinen Penis. Er sieht scharf aus, wenn er sich anfasst und für meinen Geschmack hört er viel zu schnell damit auf.

»Mach weiter«, bitte ich ihn und setze mich ans Kopfende des Bettes.

Noah kniet mir gegenüber. Unsere Blicke verschmelzen ineinander. Dann löse ich mich von seinen Augen, lasse meinen Blick wie eine Berührung über seinen Körper bis zu seinem Schwanz wandern und wieder zurück. Er legt eine Hand um sich und stößt hinein. Ich atme gleichzeitig aus.

Meine Hände krallen sich in das weiche Bettlaken. Ich halte mich fest und ich stöhne mit jedem Stoß, den Noah sich selbst schenkt. Es ist so heiß, so unglaublich heiß, ihn dabei zu beobachten, wie er sich anfasst. Wie er sich selbst Lust verschafft und mich dabei ansieht. Es schürt meine eigene Lust, lässt meine Mitte pulsieren und meine Hand zwischen meine Beine wandern.

»Gott, Cathy!«, keucht Noah und packt meine Beine. Er drängt mich auf den Rücken, meine Beine auf eine Seite und sich dazwischen. »Sag, dass du bereit bist«, fordert er und schiebt sich in mich, kaum, dass ich nicke.

Der Moment lässt uns beide gleichermaßen aufstöhnen, vollkommen erstarren und dann überzieht er unsere Körper mit heißer Lust.

Noah hält meine Knie fest und schiebt sich in mich. Er öffnet meine Beine ein Stück weiter, rückt näher und findet wie von selbst in die Position. Und wenn ich die Position sage, meine ich DIE POSITION! Scheiße ist das gut. Sein stetiges auf und ab, der leichte Druck, die Reibung … und dann wird er schneller.

Mein Mund öffnet sich wie von selbst, entlässt immer wieder leise Laute, Stöhnen, Wimmern, ich weiß es nicht. Genauso wenig weiß ich, was meine Hände machen. Sie irren über Noahs Oberschenkel hin zur Bettdecke und wieder zurück. Es ist zu gut, zu intensiv, zu viel, als das ich etwas anderes machen könnte, als zu genießen. Und dann zieht Noah mich hoch. Er legt meine Arme um seinen Hals, hält meinen Rücken, mich. Er küsst mich und dann stößt er tiefer. Ich stöhne und er stößt tiefer. Ich keuche und er … Fuck! Er bringt alles in mir zum Beben.

»Sieh mich an Cathy.«

Das mache ich. Ich sehe in seine Augen, folge seinem Rhythmus, teile seinen Atem. Ich teile alles mit ihm. Und dann wird sein Stöhnen tiefer, sein Mund öffnet sich weiter und seine Hände packen fester. Sein Blick kettet mich an ihn, lässt mich alles spüren, was er spürt. Noah presst sich in mich und ich lasse mich fallen. Mit ihm.

Meine Fingernägel bohren sich in die harten Muskeln seiner Schultern. Mein Körper zuckt unkontrolliert, meine Füße verkrampfen und mein Herz explodiert. Weil das hier mehr ist. Weil es alles ist. Weil es Liebe ist.

Ich keuche, mein Atem kommt stoßweise und seiner genauso. Er wird ruhiger unter mir, langsamer und dann still. Wir blicken einander weiter in die Augen, teilen den Moment. Mein Puls beruhigt sich, wird gleichmäßiger, genau wie Noahs.

Ich spüre ihn in mir zucken und grinse. Als Antwort lasse ich meine Muskeln um ihn herum fester packen. Noahs Augen verdunkeln sich. Ich spanne mich noch mal an. Er grinst. Noch mal und er stöhnt.

Und dann schmeißt er mich zurück ins Bett, greift meine Beine und legt sie über seine Schulter. Er pumpt in mich. Hart. Tief. Und so unsagbar gut, dass ich mich sofort wieder zurückfinde. Dorthin, wo nur Lust existiert, und die schreit unaufhörlich nach mehr.

Noahs Daumen reibt über meinen Kitzler, während er unaufhörlich in mich stößt. Ich schreie, werfe meinen Kopf zurück, überdehne mein Rückgrat und meine Ekstase ebenso. Vollkommen. Ich fliege.

Noahs Biss in meinen Hals, holt mich wieder zurück, lässt alles um mich herum für einen

Moment erstarren, bis sich die Lust endlich in einem lauten Schrei aus meinem Körper verabschiedet.

»Noah«, keuche ich. Immer wieder: »Noah.« Bis kein Atem mehr da ist keine Stimme. Nichts.

***

Am nächsten Morgen wache ich in Noahs Bett auf. Es ist stockdunkel und wahrscheinlich noch viel zu früh, um aufzustehen. Er schläft neben mir, bei mir und beinahe über mir.

Ein Schmunzeln kitzelt in meiner Kehle, als ich daran denke, was er zu mir gesagt hat. *Du schläfst ruhiger, wenn ich ganz dicht an dir liege.* Das mache ich wirklich. Noah kennt mich, er weiß, wer ich bin, und er verzeiht mir, dass ich es zwischenzeitlich nicht mehr wusste.

Mein Herz zieht sich zusammen, wenn ich daran denke, was ich alles aufs Spiel gesetzt habe. Warum habe ich mich selbst nicht mehr gesehen? Ich weiß es wirklich nicht. Aber jetzt, in seinen Armen, weiß ich es ganz genau. Ich gehöre zu ihm. Und zu ihm gehört ein unverschämt offenes Badezimmer mitten in seinem Schlafzimmer …

Soll ich? Wieder muss ich Schmunzeln und dann ringe ich mich dazu durch, es zu probieren. Ich schleiche mich aus Noahs Armen, tapse zum Badezimmer rüber, öffne den Toilettendeckel und hocke mich hin. Mucksmäuschen still. Nur mein

Pipi ist nicht leise. Mist. Jetzt ist es zu spät. Ich mache einfach weiter und presse meine Muskeln zusammen, damit es möglichst schnell geht. Schnell ist laut, aber das ist jetzt auch egal. Denke ich, bis …

»Guten Morgen.«

»Nein«, fluche ich im Homer-Simson-Stil und entlocke Noah damit ein raues Lachen. »Du hast gesagt, du würdest es gar nicht merken und auch nicht hingucken.«

»Habe ich das?«

Mit erhobenem Zeigefinger wiederhole ich: »Nicht merken, nicht hingucken!«

»Okay«, schmunzelt er und dreht sich auf den Rücken. Sein Blick geht Richtung Zimmerdecke. »Darf ich denn sagen, dass du niedlich aussiehst, wenn du nackt auf meiner Toilette sitzt?«

»Da du es gar nicht merken darfst … Nein.«

Ich spüle ab, wasche mir die Hände und klettere zurück zu Noah ins Bett.

»Danke«, sagt er.

»Wofür? Dass ich vor dir pinkle?«

»Du weißt wofür.«

Ich nicke. Es ist ein Vertrauensbeweis. Ein Schritt in Richtung Beziehung. Und dass er es merkt, sich dafür bedankt … das macht mir Sorgen.

»Ist alles gut zwischen uns?«

Noah atmet gepresst aus, fährt sich mit der Hand über die Stirn. »Ich will dir genügen, Cathy. Keine Experimente, keine anderen Frauen. Nur ich.«

»Das will ich auch.«

»Und nie wieder Ben Hartmann.«

»Nur du und ich«, flüstere ich und tupfe einen Kuss auf seinen Mund. »Versprochen.«

»Gut«, haucht er an meinen Lippen. »Was ist mit dir?«

»Ich will mit dir backen.«

Noah lacht. »Immer gerne.«

»Ich will mit dir ins Kino gehen und in den Zoo, deine Freunde kennenlernen … deine Familie«, taste ich mich vor.

»Das will ich auch.«

»Und ich will dir von meinen Träumen erzählen, von meinen Wünschen, von dem, was ich für nächstes Jahr geplant habe.«

»Kleines, ich glaube, wir wollen beide das gleiche.«

»Eine Beziehung?«, frage ich und sehe die Antwort bereits in seinen Augen.

»Lust oder Liebe, Cathy?«, fegt seine raue Stimme über meinen Nacken.

»Lust UND Liebe. Frag, was du eigentlich wissen willst«, fordere ich.

Noahs Blick tanzt über mein Gesicht. Seine Augen hüpfen zwischen meinen hin und her, sein Lächeln wird breiter.

»Sag es.«

»Ich liebe dich, Noah.«

»Ich liebe dich auch.«

Ende

CATHY

Dieses Weihnachten habe ich drei verschiedene Winterküsse kennengelernt:

Den Winterkuss von Ben, vor dem ich geflüchtet bin, den ich nicht sehen und nicht spüren wollte. Er hat mir gezeigt, was ich nicht will. Ich würde mich immer wieder gegen ihn entscheiden.

Der Winterkuss von Loreen kam plötzlich, mit eiskalten Lippen und aus gefrorenem Herzen. Er war vollkommen anders. Wenn ich ehrlich bin, hat er mich fasziniert.

Mittlerweile kann ich sagen, dass es gut war, von ihm gekostet zu haben. Es war ein Versuch, eine steile Abfahrt, Nervenkitzel. Und mehr nicht.

Der erste Winterkuss von Noah hat mich berührt. Zuerst meine Lippen, dann mein Herz. Es war die Sorte von einem Kuss, der dich schmelzen lässt.

Ich habe viele Küsse von Noah bekommen. Ungeheuerlich heiße, feste und fordernde. Dann die sinnlichen, feuchten Küsse, die ich wahnsinnig liebe. Es gab Küsse mit offenem und geschlossenem Mund. Solche, die unsere Münder minutenlang aneinandergekettet haben und dann wieder welche, die mit einem Schmatz beendet waren. Es gab normale Küsse. Zwischendurchküsse.

Und immer waren sie voller Liebe.

Dieses Weihnachten habe ich drei Sorten von Winterküssen kennengelernt. Drei verschiedene Menschen. Drei Leben, die mein eigenes beeinflusst haben. Ein Kuss hinterlässt Spuren. Immer. Die Frage ist:

Was passiert mit deinem Herzen, wenn der Winter dich küsst?

Meins hat es geheilt.

Danksagung

Mit jedem neuen Buch steigt die Anzahl der Menschen, bei denen ich mich bedanken möchte. Aus tiefstem Herzen, mit beiden Armen und am allerliebsten mit selbstgebackenen Vanillekipferln und warmem Eierlikör.

Weil die schriftliche Danksagung höchstwahrscheinlich inzwischen mehrere Seiten umfassen würde, mache ich es dieses Mal so:

Ich danke euch zauberhaften Herzen an meiner Seite!

Ich danke euch wundervollen Unterstützern auf meinem Weg!

Und ich danke dir!

Weil du meine Geschichte gelesen hast. Bis hier hin. Und das macht mich so wahnsinnig glücklich, dass mein Herz klatscht.

Als kleines Dankeschön verrate ich das Vanillekipferlrezept meiner Oma. Natürlich mit ganzen Mandeln.

Ich hoffe, es bringt dir den Zauber der Geschichte näher, legt dir einen köstlichen Geschmack auf die Zunge und ein warmes Gefühl ins Herz.

Deine Lenia

Rezept

VANILLEKIPFERL

Zutaten:

210g Butter
2 Vanilleschoten (Mark)
280g Mehl
100g Mandeln (frisch gemahlen)
170g Puderzucker (gesiebt)

Zubereitung:

Aus 70g des Puderzuckers, Mehl, dem Mark der Vanilleschoten, Butter und den gemahlenen Mandeln einen Teig kneten. Den Teig zu einer Rolle formen und in Folie gewickelt circa eine Stunde kaltstellen.

In dieser Zeit zwei Backbleche mit Backpapier belegen und die restlichen 100g Puderzucker in eine flache Schale füllen.

Danach können die Vanillekipferl gerollt, geformt, geknetet oder in diese genialen Vanillekipferlbackbleche gestrichen werden. Ich rolle immer. Der Teig reicht genau für zwei Backbleche, die nacheinander für 15 Minuten (175°C) im vorgeheizten Ofen gebacken werden.

Die noch warmen Vanillekipferl im Puderzucker wälzen, auf Kuchengitter geben und abkühlen lassen

Und dann kann genascht werden.

Printed in Poland
by Amazon Fulfillment
Poland Sp. z o.o., Wrocław

66812900R00139